L'ÉTRANGÈRE

DANS LA MÊME SÉRIE

1. La révélation
2. L'intrus
3. Pouvoirs secrets
4. La protectrice
5. L'étrangère
6. Le passager clandestin (janvier 2002)

ROSWELL

MELINDA METZ

L'ÉTRANGÈRE

FLEUVE NOIR

Titre original :
The Intruder

Traduit de l'américain par
Anne-Virginie Tarall

ISBN : 2-265-07056-4

CHAPITRE PREMIER

— S'il te plaît, Max, implora une voix. Tu ne peux pas mourir maintenant… Pas après m'avoir dit que nous pourrions enfin être plus que de « simples amis » !

Cette voix semblait venir de très loin. Comme s'il était au bout d'un tunnel et qu'elle, à l'autre extrémité, dût traverser l'espace qui les séparait pour l'atteindre.

Max Evans tourna lentement sur lui-même, les yeux grands ouverts.

Il ne vit personne.

Il n'y avait *rien* à voir. Excepté la lumière. Blanche et pure.

— Les cristaux de communication sont entre tes mains, continua la voix. Tu dois te connecter à la conscience collective de ton peuple, Max ! *Maintenant !* Il ne te reste plus beaucoup de temps…

La conscience collective. Ces mots lui semblèrent familiers…

En quelque sorte.

Il connaissait aussi la voix… A *qui* appartenait-elle ? *Où* l'avait-il déjà entendue ?

Max s'assit sur le sol puis s'allongea sur le dos. La lumière – extraordinaire – n'était ni uniforme ni figée. Des formes ton sur ton voletaient doucement. On eût dit des flocons de neige dérivant devant un drap blanc.

Il n'avait pas envie de bouger. Regarder tomber cette neige était tout ce qu'il désirait.

D'autres voix se joignirent à la première. Il eut le sentiment de les avoir déjà entendues, longtemps auparavant. Elles formèrent un chœur et le supplièrent d'établir la connexion.

De se fondre dans la conscience collective.

De vivre.

Max essaya de faire baisser le volume de ces voix. Les flocons méritaient d'être observés en silence. Il ignorait comment il le savait, mais c'était vrai.

— Non, Max ! cria la voix. Ne meurs pas ! Tu ne dois pas ! Tu n'en as pas le droit… Si tu m'aimes vraiment, tu feras tout pour rester avec moi !

Liz. Liz Ortecho.

Ce nom s'inscrivit en grandes lettres ambrées sur l'écran de son esprit. Comment avait-il pu oublier le son de la voix de Liz ? La fille qu'il aimait…

Maintenant, il reconnaissait aussi les autres : celle de sa sœur, Isabel, et celle de ses amis, Alex Manes et Maria DeLuca.

Il sonda la lumière blanche. Où étaient-ils ?

Où était-*il* ?

— Je ne… vous vois… pas…

Il déglutit avec peine, essayant de décoller sa langue de son palais.

— Où… êtes-vous ?

— Nous sommes là, Max ! cria Liz. Autour de toi. Reste avec nous… Reste avec moi.

Sans décider consciemment de passer à l'action, Max se retrouva à la verticale. Il fendit la lumière comme s'il avait des ailes. Les flocons de neige défilèrent de plus en plus vite, jusqu'à devenir deux traînées floues.

Puis la lumière baissa d'intensité. Il s'aperçut qu'il traversait un tunnel à toute allure. Au bout, son lit… aussi petit qu'une boîte d'allumettes.

Autour se pressaient Liz, Isabel, Maria et Alex. Pas plus grands que des poupées, ils se tenaient par la main et regardaient le corps allongé sur les draps.

C'est le mien ! pensa Max. *Comment est-ce possible ?*

Il se dirigeait vers le lit. Quand il fut assez près, il vit de la sueur perler sur son front et des gouttelettes de sang séché sur ses lèvres craquelées…

Alors, il réintégra *son* corps.

Il sentit les draps froissés, la douceur de l'oreiller, l'air qu'aspiraient et expiraient ses poumons, la main de Liz dans la sienne…

— Concentre-toi sur les cristaux, Max ! dit la jeune fille. Il faut te connecter à la conscience collective de ton peuple !

La conscience collective.

Cette fois, ces mots évoquèrent un flot de souvenirs. Max était en train de traverser l'*akino*, le passage à l'âge adulte des individus de son espèce. S'il ne se connectait pas très vite à la conscience collective des siens, il mourrait.

C'était inévitable.

Au moins, il l'avait cru.

Impossible d'établir la connexion sans les cristaux de communication restés à bord du vaisseau spatial qui avait amené ses parents sur Terre. Et celui-ci était caché dans un complexe secret, sous l'œil vigilant de gardes humains armés.

Max tourna la tête et croisa le regard de sa sœur.

— Avez-vous trouvé le vaisseau ? demanda-t-il d'une voix cassée.

Il connaissait déjà la réponse.

Les cristaux de communication étaient entre ses mains, preuve irréfutable du succès de leur folle entreprise…

— Où est Michael ? Et Ray ?

Michael, Isabel et Ray étaient partis ensemble infiltrer le complexe. Or, il ne voyait que sa sœur. Où étaient passés son ami et son patron ?

— Nous en reparlerons plus tard, répondit Isabel d'une voix tendue. Etablis la connexion, Max ! Dépêche-toi !

Liz pressa plus fermement les doigts de Max autour des cristaux. Il baissa les paupières et se détendit, laissant son esprit quitter son corps. Et il sentit instantanément…

Non, ce n'était pas comparable à un contact physique. On eût plutôt dit que quelqu'un se tenait à ses côtés. Mais si près que leurs auras se caressaient et se chevauchaient…

Ce n'était pas Liz, Isabel, Alex ou Maria… Il connaissait leurs auras presque aussi intimement que la sienne.

Celle-là ne lui semblait pas familière… Mais elle était réconfortante.

Une autre *présence* se joignit à la première et mêla son essence aux leurs, jusqu'à ce qu'ils soient tous trois enveloppés d'une unique aura.

Le jeune homme se rappelait la terrible douleur – comme si on lui passait le cerveau à la moulinette – quand il avait tenté de se connecter sans les cristaux de communication.

Aujourd'hui, c'était très différent. Il avait l'impression de s'enfoncer dans un océan tropical. L'eau tiède le portait, le ballottait gentiment, lui procurant une incomparable sensation de légèreté.

Cet océan était composé d'auras. Aux deux premières s'étaient ajoutées des centaines de milliers d'autres. Et peut-être plus encore. Des millions…

Max essaya en vain d'éprouver les limites de son esprit. Il était incapable d'en atteindre les frontières.

Les deux présences prononcèrent un mot, dans une langue inconnue du jeune homme. En réalité, elles le… *pensèrent*. C'était le verbe le plus approprié.

L'essence du mot effleura le cerveau de Max, qui n'eut pas besoin de traduction.

Fils.

Le concept l'emplit d'émotions qui n'étaient pas les siennes. Il sentit *leur* joie, *leur* tristesse, *leur* fierté, *leur* nostalgie.

Et *leur* amour.

Mes parents ! pensa-t-il. *Non, c'est impossible…*

Oui, répondirent-ils en chœur. *Oui, fils…*

Mais ses parents… avaient péri. Ils étaient déjà morts au moment où le vaisseau spatial s'était écrasé dans le désert, au Nouveau-Mexique – ce crash mystérieux baptisé « Affaire de Roswell »… – Ils étaient décédés depuis quarante ans quand Isabel et Max avaient émergé de leur capsule d'incubation.

Pourtant, ils étaient là…

Ça ne pouvait vouloir dire qu'une chose : Max était entré en contact avec les êtres vivants de sa planète d'origine, *et* avec les esprits de ceux qui n'étaient plus…

Il sentit des larmes lui brûler les paupières.

C'était… renversant.

Ses parents ! Il communiquait avec eux ! Il n'avait jamais pensé… Il n'avait jamais osé espérer…

Une image envahit son esprit. Deux silhouettes lumineuses regardaient la capsule d'incubation que partageaient Max et Isabel. Il sentit un flot d'émotions émaner de ces deux êtres : le bonheur, l'excitation et l'impatience de voir naître leurs enfants.

Mais ils n'avaient pas eu cette chance.

Max partagea la douleur qui avait terrassé ses parents.

Un chant s'éleva.

Une vibration mélodieuse.

Cela ressemblait plus au son produit en frottant le bord d'un verre en cristal avec le bout du doigt qu'à celui qui sort d'une gorge ou d'un instrument.

C'était une berceuse. Celle que chantait la mère de sa mère à sa fille. Celle que *leur* maman leur aurait fredonnée quand ils seraient venus au monde.

Max apprit tout cela pendant qu'il écoutait la mélodie.

Une présence toucha son aura. Il vit deux lunes, en partie dissimulées par des nuages verts.

Une autre présence remplaça la première. Il sentit un liquide sucré et acidulé lui couler dans la gorge. Le goût était parfait, contrairement à celui de la nourriture terrestre.

Max devait toujours mélanger du dentifrice à son soda à l'orange, du vinaigre à son lait et noyer ses desserts sous de la sauce pimentée pour qu'ils correspondent à ses goûts. Mais *ça* – une autre gorgée lui emplit la bouche –, c'était parfait ! Nul besoin d'y ajouter quelque chose.

Le jeune homme sentit une troisième conscience le toucher. Une odeur citronnée et poivrée l'enveloppa. Elle appartenait à une sorte de baie que les siens utilisaient, entre autres, pour les problèmes de digestion.

Chacun partage avec moi une information sur ma planète, pensa-t-il, émerveillé.

C'était trop cool !

Une quatrième présence mêla son aura à la sienne. Celle-là, il la connaissait. C'était Ray Iburg, son patron, le propriétaire du musée de l'OVNI. Ray était le seul extraterrestre adulte à avoir survécu au crash.

— Ray ! cria Max.

Utilisait-il ses cordes vocales pour s'exprimer ou « parlait-il » directement d'esprit à esprit ?

— Ray, vous m'avez sauvé la vie. Michael, Isabel et vous avez été formidables ! Je n'aurais jamais cru que vous reviendriez à temps avec les cristaux de communication. Comment vous remercier ? Il faudra que nous fêtions ça... Demain soir au musée, peut-être, après la fermeture ?

Une image s'imposa à Max : Ray et lui, au musée, en uniforme de travail – des costumes genre Elvis, mais en plus loufoques. Ils riaient si fort qu'ils se tenaient les côtes...

Ray lui montrait un de leurs meilleurs souvenirs... Mais les émotions qui l'accompagnaient étaient d'un autre registre... Il n'était plus question de joie et encore moins de rire.

Ray éprouvait du soulagement, de la tristesse, et il lui disait quelque chose comme un... au revoir.

Une autre conscience toucha Max, brisant son lien avec Ray. Une image du panneau de contrôle du vaisseau spatial remplaça le souvenir du fou rire au musée. Les connaissances requises pour actionner les différentes commandes envahirent son esprit.

Max essaya de rétablir la connexion avec Ray. Que se passait-il ? Pourquoi tant de tristesse chez son ami ?

— Ray ? Où es-tu ?

Le défilé continua…

Il entendit des craquements sourds… C'étaient les bruits que produisait un insecte venimeux terriblement dangereux, l'informa la conscience collective.

Mais il s'en fichait, du moins pour l'instant.

— Ray !

Personne ne lui répondit.

Quelque chose avait mal tourné.

Le jeune homme ouvrit les doigts, lâchant les cristaux de communication qui s'éparpillèrent sous les draps. Mais des millions de consciences se pressaient toujours autour de lui.

L'une d'entre elles lui fit voir l'image d'un être qui changeait de forme au moment où il sortait d'un vaisseau spatial.

— Arrêtez ! Arrêtez, bon sang !

Max s'assit sur son lit et se tourna vers sa sœur.

— Dis-moi ce qui est arrivé à Ray, Isabel !

— Comment te sens-tu ? demanda Liz.

Elle posa la paume de sa main sur son front.

— Tu as l'air d'aller beaucoup mieux. Tu sais…

— Je vais très bien, coupa Max, sans quitter Isabel des yeux. Je veux savoir ce qui est arrivé à Ray.

L'expression de sa sœur était éloquente… Mais il avait besoin d'entendre la vérité de sa bouche.

— Il est mort, Max. Le shérif Valenti l'a abattu. Ray voulait me sauver la vie. Valenti lui a tiré dessus.

Des larmes lui montèrent aux yeux. Elle les essuya d'un brusque revers de la main.

Liz s'assit et attira Max contre elle. Il sentit, à sa respiration saccadée, qu'elle retenait ses sanglots.

— Je le savais…, murmura Max contre l'épaule de son amie.

La laine du pull de la jeune fille lui irritait la joue, blessant sa peau à vif.

— Je le savais, répéta-t-il. C'est pour ça qu'il m'a fait ses adieux…

— Et Michael ? demanda Maria d'une voix tremblante.

Max releva vivement la tête.

Michael ?

— La dernière fois que je l'ai vu, il se battait contre deux gardes, répondit Isabel.

Elle faisait un effort surhumain pour contenir ses émotions. Michael Guerin était comme un frère pour elle.

Et pour lui.

— Et tu l'as abandonné ? s'exclama Maria.

— Oui ! répondit Isabel. Il avait une chance de s'en sortir seul. Max serait mort *à coup sûr* si je n'avais pas vite rapporté les cristaux de communication.

Max sentit son estomac se serrer et le goût amer de la bile lui remonter dans la gorge.

Isabel avait sacrifié Michael pour le sauver. Si elle était restée pour l'aider à se débarrasser des deux gardes, son ami serait-il… ?

— Il est peut-être toujours en vie, dit Liz, l'arrachant à ses sombres pensées. Retournons au complexe tout de suite. Nous devons…

— Non ! coupa Alex. Ces hommes attendent probablement notre visite et ils auront pris des mesures. Nous n'y entrerons plus aussi facilement que la première fois.

— Devrions-nous le laisser là-bas et ne plus y penser ? fit Max, n'en croyant pas ses oreilles.

Pas question qu'il abandonne Michael à son sort !

— Non, bien sûr ! riposta Alex, piqué au vif. Nous n'allons certainement pas le « laisser là-bas ». Mais foncer tête baissée est aussi hors de question. Réfléchissons avant de décider d'un plan. Mais surtout, laissons passer un peu de temps. Si nous y allons maintenant, nos ennemis seront sur le pied de guerre, prêts à nous cueillir dès notre arrivée.

— Je me fiche de ce que vous avez l'intention de faire ou pas ! s'insurgea Maria. Je retourne au complexe !

Elle se dirigea d'un pas décidé vers la porte.

— Attends ! cria Max. Je t'accompagne.

Alex leur bloqua le passage.

— Personne n'ira nulle part ! Isabel, la dernière fois que tu as vu Michael, il se battait contre deux gardes, c'est ça ? (Elle hocha la tête.) Donc, ils n'utilisaient pas leurs mitraillettes.

Leurs mitraillettes…

Est-ce une arme de ce type que Valenti a utilisée pour tuer Ray ? se demanda Max.

Il s'efforça de ne pas imaginer le corps de Ray criblé de balles…

— Non, ils avaient… Je crois que c'étaient des tasers. Des trucs qui envoient des décharges électriques…

— D'accord. Donc, ils le voulaient vivant, continua Alex. Dans le meilleur des cas, il est sur le chemin du retour. Dans le pire, il est retenu prisonnier. Mais il est vivant. Laissons-lui le temps de rentrer – n'oublions pas qu'il est à pied. Et s'il ne revient pas, nous déciderons comment le faire évader du complexe.

— Ça ne me plaît pas, mais Alex a raison, dit Isabel. Si nous y allons maintenant, nous avons toutes les chances d'y rester… A condition de patienter jusqu'à ce que les choses se tassent, ils ne s'attendront plus à nous voir et nous aurons au moins une chance…

— Très bien, approuva Liz. Moi aussi, je déteste l'idée de laisser Michael croupir dans une cellule. Mais vous avez raison.

Alex croisa le regard de Maria, puis celui de Max.

— Promettez-moi tous les deux que vous ne ferez rien de stupide. Personne n'ira au complexe avant que nous n'ayons mis une stratégie au point pour être sûrs d'en revenir tous… en un seul morceau.

— Entendu, lâcha Max à contrecœur. Mais nous avons intérêt à trouver rapidement une brillante stratégie…

Maria hésita, puis se rangea à l'avis général. Bouleversée, elle écarta Alex et s'enfuit en courant.

— Verriez-vous un inconvénient à me laisser seul un moment ? demanda Max. Je suis lessivé.

C'était un mensonge éhonté. Depuis qu'il s'était connecté à la conscience collective de son peuple, il se sentait plus fort et plus vigoureux que jamais. Mais il avait besoin de temps pour analyser la situation.

Ray était mort.

Michael avait été capturé.

Et c'était sa faute. Personne ne serait allé au complexe s'il n'avait pas été malade.

Max ne pouvait plus rien pour Ray… Pour Michael, c'était différent. Même s'il devait attendre quelques jours, il libérerait son ami.

A n'importe quel prix.

CHAPITRE II

Michael Guerin tournait en rond dans sa cellule, étudiant les cloisons de verre qui le retenaient prisonnier. Du verre, ou ce qui y ressemblait… Elles étaient probablement faites d'un matériau plus solide. Mais pas assez pour l'empêcher de s'échapper s'il décidait de fausser compagnie à ses geôliers. Les molécules restaient des molécules. Il pouvait en *écraser* quelques-unes et se ménager une ouverture assez grande pour sortir sans baisser la tête…

Mais il y avait un problème.

En fait, *deux*, pour être précis : deux gardes armés de mitraillettes et de tasers – apparemment.

S'il n'y en avait eu qu'un, Michael aurait déjà été dehors.

D'accord, un garde *armé* restait un garde *armé*. Grâce à ses pouvoirs, Michael aurait pu s'en débarrasser facilement. Il lui aurait suffi de choisir une veine dans la tête de l'humain et de « compresser » jusqu'à ce que son propriétaire s'effondre et fasse un gros dodo.

Mais il y avait *deux* gardes. Et ils ne le quittaient pas des yeux.

Je ne serais pas surpris d'apprendre qu'ils n'osent pas battre des paupières en même temps...

Si Michael ne faisait aucun mouvement brusque avant... six mois ou un an... ils finiraient par relâcher un peu leur surveillance.

Le prisonnier eut un soupir de frustration et se laissa tomber sur son lit. Pourquoi n'avait-on pas eu la bonne idée de mettre la télé dans ces geôles ? Il avait pour toute distraction une rangée de cellules identiques à la sienne et deux gardes à regarder.

Comme programme, il y avait mieux !

Il étudia le sol.

Une prison n'était-elle pas censée abriter des souris et des araignées, ces petites bêtes que le prisonnier pouvait espérer apprivoiser ?

C'est un viol manifeste des droits du taulard ! pensa Michael avec une ironie grinçante. *Je veux voir le directeur !*

Au moins, Max et Isabel allaient bien... Un peu plus tôt – quand au juste ? Il avait perdu toute notion du temps dans cette cage à poules –, il avait senti une explosion de joie et de soulagement venant d'Isabel. Elle était donc sortie du complexe...

Et elle avait réussi à revenir à temps, avec les cristaux, pour que Max se connecte à la conscience collective.

Ils n'avaient pas fait tout ça en vain. Son ami était sauvé !

Michael entendit un *clic* et vit le garde « numéro un » ouvrir la porte de sa cellule.

— On a besoin de vous au labo, annonça l'homme d'une voix atone.

Le labo.

Michael sentit ses entrailles se nouer. Isabel, Max et lui s'étaient imaginé tellement d'horreurs depuis qu'ils avaient compris ce qu'ils étaient. Il ignorait ce qu'un type suspecté d'être un extraterrestre devait craindre en mettant les pieds dans *le labo*. Mais ce n'était sans doute pas très joli à voir…

Malgré ses appréhensions, il se leva. Même ses os lui donnaient l'impression d'être mous et spongieux… Mais il se jura de n'en rien laisser paraître. Pas question que Hubba et Bubba (les surnoms qu'il avait donnés aux gardes) sachent à quel point il paniquait !

Il marcha d'un pas nonchalant jusqu'à la porte et passa devant le premier garde.

Les deux hommes improvisèrent un « sandwich Michael » – l'un marchant devant lui, l'autre derrière – et l'entraînèrent à l'autre bout de la salle, aussi vaste qu'un entrepôt, où s'alignaient les cellules. Arrivés devant la grande porte, ils s'arrêtèrent. Hubba saisit quelques chiffres sur le digicode, à côté du chambranle, en prenant garde que Michael ne puisse pas voir.

La porte s'ouvrit sur un long couloir. Le trio continua. Les bottes des gardes faisaient un bruit infernal sur le sol de ciment brut.

— Les gars, vous devez connaître des tas de chansons, fit Michael, histoire de ne pas penser à ce qui l'attendait. Vous savez, le genre en vogue dans l'armée : « *Je ne sais pas si c'est vrai, mais on dit…* » Ça serait de circonstance, vous ne croyez pas ?

Hubba et Bubba ne prirent pas la peine de répondre.

Le contraire eût étonné Michael.

Je ne sais pas si c'est vrai, mais on dit que les gardes des complexes font pipi au lit.

Cette idée idiote lui traversant l'esprit, il ne put réprimer un gloussement.

Alex déteint sur moi… Plus la situation est grave, plus ses plaisanteries deviennent oiseuses…

Chantonner, même mentalement, lui fit du bien… Mais son cœur cognait contre ses côtes.

Je ne sais pas si c'est vrai, mais on dit que les gardes des complexes ont… euh… une haleine qui sent le moisi ?

Bubba s'arrêta devant une autre porte de métal et entra un nouveau code. Le panneau coulissa. Un mélange d'antiseptique, de poudre, de plastique et de produits chimiques chatouilla les narines de Michael.

Des odeurs de labo…

Les gardes poussèrent le jeune homme dans la salle où trônait une table d'examen rembourrée, assortie de son plateau d'instruments métalliques.

Michael sentit un flot de bile lui monter à la gorge. Il allait peut-être refaire la décoration de la salle en Technicolor…

— Parfait. Voilà notre invité d'honneur.

Michael se retourna. C'était Valenti, bien sûr. Il avait reconnu sa voix.

Il soutint le regard du shérif sans ciller.

— Commençons-nous dès maintenant ? demanda une voix que Michael n'avait jamais entendue.

La question mit un terme à la joute silencieuse qu'il livra à Valenti. Ils se tournèrent vers un homme vêtu d'une blouse blanche.

— Oui, répondit le shérif. Nous avons beaucoup à faire pendant cette première séance de tests.

— Bien. Allez vous asseoir à cette table, ordonna le docteur à Michael.

Au moins, il ne m'a pas demandé de m'allonger sur la table d'examen…

La table qu'il lui désignait aurait eu sa place dans n'importe quelle cafétéria. Deux bancs la flanquaient.

Le jeune homme obéit. Valenti s'installa face à lui.

Du coin de l'œil, Michael vit le docteur bouger la main. Une seconde plus tard, il sentit sur son front quelque chose de froid et de gluant. Renversant vivement la tête en arrière, il se retrouva nez à nez avec le type.

Puis il éclata de rire, se moquant de lui-même.

Eh bien, on est à cran, on dirait…

— Ravi que vous trouviez mon visage amusant, fit l'homme en blouse blanche. Je suis le docteur Brian Doyle.

— Si nous passions aux choses sérieuses ? s'impatienta Valenti.

Shérif, ça vous défrise que vos souris de labora-

toire échangent leurs noms avec vos prisonniers ? pensa Michael.

Doyle colla une ventouse en caoutchouc sur le gel dont il avait couvert le front du jeune homme.

Une électrode…

Il vit le fil qui la reliait à un moniteur.

Michael était moins calé en science que Max et Liz, mais il comprit… On voulait jeter un coup d'œil sur ses ondes cérébrales. A quoi d'autre pouvait servir cet appareil ?

Mais il n'avait aucun moyen de savoir à quel genre de technologie avaient accès les hommes du Projet Table Rase…

Le docteur fixa d'autres ventouses sur le front et les tempes du prisonnier.

Doyle et le shérif vont peut-être me griller le cerveau…, pensa Michael.

Un frisson glacé lui parcourut l'échine.

Et s'ils voulaient s'assurer d'avoir un prisonnier réduit à l'état de légume ? Le résultat d'une lobotomie, sans avoir à ouvrir la boîte crânienne… ?

— Voilà ! annonça le docteur Doyle, avant de s'asseoir à côté de Michael.

— D'abord, je veux savoir comment vous vous êtes transformé pour me ressembler, dit Valenti. C'est comme ça, paraît-il, que vous avez pu entrer dans le complexe.

Si vous croyez que je vais vous le révéler, vous vous fourrez le doigt dans l'œil !

Moins le shérif en saurait sur leurs pouvoirs, mieux Max, Isabel et lui se porteraient.

— C'est très simple. J'ai fait un saut chez le loueur de costumes, sur North Main, et je lui ai acheté un masque en latex. J'ai eu le dernier à votre effigie. Le vendeur m'a dit que vous êtes un des personnages les plus demandés pour Halloween. Vous caracolez loin devant Frankenstein et les héros de *Star Trek*…

— Assez ! coupa Valenti.

Il se tourna vers les gardes en faction de chaque côté de la porte.

— Que l'un de vous aille chercher Adam !

Aussitôt, un des deux hommes quitta le labo.

— Je ne suis pas sûr que ce soit une bonne idée, dit le docteur Doyle. Nous ignorons comment deux…

— Ce gamin refuse de parler ! dit le shérif. Il se croit sur une scène de théâtre et nous fait son numéro ! Alors je vais lui arracher l'information par un autre moyen…

Michael crut comprendre qu'il devait avoir peur de cet « Adam ».

Qui était-ce ? Un expert en torture ?

La grande porte se rouvrit avec un chuintement à peine audible. Un garçon qui semblait du même âge que Michael – un peu plus jeune peut-être – entra, suivi du garde que le shérif avait envoyé en mission.

C'était *lui*, Adam ?

Le type que Valenti appelait à la rescousse pour « arracher » la vérité à Michael ? Il avait plutôt l'air d'une victime désignée pour les rackets en tout genre !

Je suis sûr qu'il se fait chiper son déjeuner un jour sur deux.

Il n'avait pour ainsi dire pas de muscles. Les cheveux châtains, de grands yeux vert clair, il affichait le teint pâle typique du gars qui passe sa vie avachi devant un écran d'ordinateur.

Il devait faire fondre certaines filles et leur arracher des cris d'admiration… mais il n'avait rien d'intimidant !

Michael jeta un coup d'œil à Valenti. Que se passait-il ?

— Bonjour, Adam. (Valenti sourit au gamin.) Comme tu le vois, nous avons un visiteur. Il s'appelle Michael. Je veux que tu joues avec lui.

Sans hésiter, Adam se précipita vers Michael, lui prit la main…

… et établit instantanément une connexion.

Un flot d'images envahit le cerveau de Michael.

Un docteur Doyle plus jeune qui allongeait Adam, enfant, sur une table pour lui faire passer un scanner.

Dans une cellule aux parois vitrées, Adam qui jouait aux échecs avec un garde en uniforme.

Un plateau d'instruments chirurgicaux en métal brillant.

Un flacon de sang.

Un pyjama d'enfant.

Une capsule d'incubation.

Adam qui sortait d'une capsule…

Les yeux écarquillés de stupeur, Michael retira vivement sa main.

Adam était l'un d'eux !

Bien sûr…

Au cours de leur première visite dans l'appartement au-dessus du musée, Ray avait parlé à Max et à Michael de la quatrième capsule d'incubation. Après le crash, Ray avait réussi à en extraire trois du vaisseau spatial et à les abriter dans une grotte.

Quand il était revenu chercher la dernière, les hommes du gouvernement et les curieux avaient envahi les lieux. Il avait dû l'abandonner.

Et ce quatrième extraterrestre, c'était Adam !

Les types du Projet Table Rase lui avaient mis la main dessus…

— Qu'avez-vous vu, Michael, quand Adam vous a touché ? demanda Doyle.

Il sortit un carnet et un crayon de sa poche.

— Tenir la main d'un autre garçon ne me fait pas voir des étoiles, si c'est ce que vous voulez dire, marmonna Michael.

Il tentait encore de comprendre la situation et ses implications.

Adam avait-il passé sa vie dans le complexe ? Ces hommes – quelle que soit leur identité – avaient-ils eu la cruauté de garder un enfant prisonnier d'un labyrinthe souterrain en béton ?

— Et toi, Adam, qu'as-tu vu ? demanda Valenti avec toute l'autorité d'un maître d'école maternelle.

Adam devait avoir des pouvoirs similaires à ceux de Michael et de ses amis… Grâce à la connexion, il avait dû avoir un aperçu des faits marquants de la vie du prisonnier.

— J'ai vu un homme avec un masque de chirurgien qui lui dissimulait le visage, répondit Adam. Puis une carte du désert toute froissée. Et Michael en train de sortir d'un cocon métallique comme le mien.

La capsule d'incubation !

Maintenant, ils n'auront plus de doutes sur mes origines, pensa Michael. *Ils savent que je suis un extraterrestre…*

Pas de panique.

Ils s'en doutaient déjà, non ? On ne peut pas dire qu'ils ont cru à mon histoire de masque d'Halloween…

— As-tu vu autre chose ? demanda Valenti.

— Oui. Une fille aux longs cheveux blonds et aux yeux très bleus.

— Dis-nous-en plus à son sujet.

Bien sûr ! pensa Michael. *Le but de ce jeu stupide est de découvrir qui sont les autres extraterrestres de Roswell !*

— Elle portait une jupe très courte…, répondit Adam, fouillant ses souvenirs. Une jupe vert et noir.

Isabel !

Isabel dans son uniforme de pom-pom girl…

Dieu merci, Adam ne connaît pas encore son nom !

Pas encore…

CHAPITRE III

Poussant un soupir à fendre l'âme, Isabel défroissa du plat de la main la minijupe vert et noir de son uniforme de pom-pom girl. La prochaine fois, elle réussirait son enchaînement correctement.

Sur le « *bra* » de *célébration*, elle était supposée se pencher en avant pour que Stacey Scheinin puisse lui sauter sur le dos avant le « *tion* ». Puis elles gardaient la pose un instant.

Ainsi se terminait leur numéro.

Isabel l'avait fait des centaines de fois ! Aujourd'hui, elle hésitait comme une vulgaire débutante. Elle n'avait pas réussi à être en rythme pendant toute la séance d'entraînement !

Et il n'y a aucune raison à ça, n'est-ce pas, Isabel ? Ça n'est pas comme si ton frère avait failli mourir... Ni comme si Michael était prisonnier dans un complexe scientifique secret...

Au moins, il était vivant...

Elle ressentait sa peur et sa colère avec une telle force qu'elle s'étonnait de ne pas le voir à côté d'elle. C'en était déroutant.

La plupart du temps, elle mettait une sourdine aux émotions venues de Max et de Michael. Mais pas aujourd'hui... Elle désirait les ressentir comme si c'étaient les siennes. Elle voulait savoir tout ce que les hommes du Projet Table Rase feraient subir à Michael.

— Je sais, vous avez toutes un emploi du temps bien rempli et une multitude d'activités très importantes ! lança Stacey. Mais personne n'ira nulle part avant que nous ayons réussi un enchaînement parfait. Comprends-tu, Isabel ? Tu meurs d'impatience d'aller rejoindre ton *petit ami*...

Stacey jeta un coup d'œil méprisant à Alex, assis dans les gradins.

— A mon avis, il ne mérite pas ça, continua-t-elle. Mais je ne suis pas toi...

Quelques pom-pom girls éclatèrent de rire.

Leurs gloussements haut perchés les rangeaient dans la catégorie des « Stacey-ettes », comme les surnommait Isabel. Leur unique ambition, dans la vie, était d'imiter Stacey. Cela impliquait de s'esclaffer à toutes les piques qu'elle lançait à Isabel.

Décidément, la capitaine des pom-pom girls s'amusait beaucoup depuis que la jeune fille sortait avec Alex.

Alex était loin d'être le genre de crétin dont aucune fille sensée n'aurait voulu. Mais avant lui, Isabel était sortie avec les types les plus canon du lycée, avec qui toutes les filles rêvaient de passer une soirée... Pour une nana populaire comme Isabel, ces petits coqs étaient des choix évidents.

Alex ? Un gars mignon et intelligent… Mais ce n'était pas un choix *évident* pour Isabel.

Tish Okabe se pencha vers elle et chuchota :

— Tu te sens bien ?

Du Tish tout craché ! Elle s'inquiétait toujours pour les autres.

— Oui, rassure-toi, répondit Isabel.

Au même instant, elle fut pourtant prise d'une peur panique. Michael !

Elle se concentra sur ce qu'elle ressentait et voulut lui envoyer, en retour, une décharge… d'amour.

Oui, c'était ce qu'elle éprouvait.

Elle avait toujours aimé Michael.

Au début, comme une sorte de second grand frère… Ils étaient de la même espèce. Comme Max, il l'aidait à se sentir en sécurité. Puis, à l'adolescence, elle s'était entichée de lui. Et aujourd'hui…

Aujourd'hui, elle l'aimait…

Comme un ami ? Non, c'était plus fort.

Comme un frère ? Non, pas vraiment ça non plus…

— Tu vas bien, comment ai-je pu penser le contraire ? marmonna Tish, tirant Isabel de ses réflexions. Sinon, tu ne laisserais pas Stacey dire du mal de ton petit ami sans prendre sa défense…

Oh, c'est pas vrai !…

Tish avait raison. Il était grand temps qu'elle rabaisse son caquet à Stacey. Elle avait déjà laissé passer trop d'occasions.

— C'est vrai, Stacey, lança Isabel à haute voix.

Alex est très différent de *tes* petits amis. Quand il marche, il ne laboure pas le sol avec ses phalanges.

Pas sa meilleure réplique, mais un bon début. Une infime partie de son cerveau était concentrée sur Stacey, l'entraînement et Alex.

Le reste était entièrement focalisé sur Michael.

— Prêtes ? Alors on y va ! cria Stacey.

Isabel se lança dans l'enchaînement. Elle devait placer ses bras et ses jambes correctement et en rythme pendant les deux minutes à venir. Et surtout, afficher son sourire de pom-pom girl – quitte à se le plaquer sur le visage. Car elle n'avait pas envie du tout de recommencer !

Parfait. Garde la tête droite, s'encouragea-t-elle. *N'oublie pas de sourire ! Le mouvement d'épaules maintenant. Pivote à droite. A gauche. Souris ! Tu es à mi-parcours. Tu t'en sors très bien. Tish saute sur place en levant les bras... Au tour de Corrine... A toi ! Continue comme ça... En position pour le mouvement final. Penche-toi...*

Une explosion de rage et de haine envahit l'esprit d'Isabel. Elle chancela au plus mauvais moment : celui où Stacey lui sautait sur le dos.

Avec un couinement de souris, la capitaine des pom-pom girls atterrit sur les fesses.

Stacey se releva d'un bond, rouge de colère.

— Nous allons reprendre. Et tout de suite ! dit-elle sur le ton d'une souveraine offensée. Nous verrons si Isabel est capable de terminer cet enchaînement sans me blesser !

Ce doit être à ça que ressemble l'enfer, pensa

Isabel. *Faire et refaire sans cesse le même numéro en gardant le sourire alors que quelqu'un qu'on aime est en train de souffrir…*

— Il faut que je sois au travail dans quinze minutes, dit Lucinda Baker à Stacey. Mon patron n'est pas du genre à accepter un mot d'excuse de la capitaine de mon équipe de pom-pom girls !

— Moi aussi, il faut que j'y aille, renchérit Tish.

Merci les filles, pensa Isabel.

Elle s'accorda un moment pour se concentrer et envoyer un deuxième « message » de soutien à Michael. Elle n'avait jamais essayé de partager consciemment ce qu'elle ressentait avec Max et lui. Mais elle espérait que ça marcherait. Elle voulait que Michael ait l'impression qu'elle était enfermée avec lui dans le complexe.

— Très bien. Allez-y ! grogna Stacey. Mais je veux vous voir toutes ici demain matin à sept heures ! Nous n'irons pas soutenir l'équipe tant que nous ne serons pas capables de faire ce numéro en dormant !

Sa voix devenait si stridente qu'Isabel s'étonna de ne pas entendre un concert d'aboiements éclater dans la ville.

Oublie Stacey.

Elle partit à vive allure vers les vestiaires.

— Il faut que je me change ! lança-t-elle à Alex en passant devant les gradins.

Il tendit un bras et lui prit la main.

— Je ne veux pas !

Isabel essaya de se dégager, mais il la tenait fermement.

— Tu vas me dire que tu m'aimes exactement comme je suis.

— Non, ce n'est pas ça… Enfin, il est vrai que je t'aime exactement comme tu es. Mais… je ne t'ai jamais embrassée quand tu portes ton uniforme de pom-pom girl.

Il l'attira près de lui.

— Ça te fait de l'effet, pas vrai ? demanda-t-elle.

Elle résista à l'envie de jeter un coup d'œil par-dessus son épaule, pour voir si Stacey les observait. La capitaine en retirerait trop de satisfaction.

— On peut le dire, répondit-il.

Il laissa ses mains remonter le long des jambes de la jeune fille.

— Surtout ta petite culotte verte. Mais « culotte » est-il le terme exact ? En portes-tu une autre dessous ou… rien du tout ?

Il glissa une main sous sa jupe.

— Certaines choses doivent rester des mystères.

Quand Isabel lui flanqua une tape sur le poignet, il éclata de rire.

— D'accord, tu as raison. Ce serait comme de savoir comment un magicien sort un lapin de son chapeau.

Alex la fit asseoir à côté de lui.

Oh, et puis après ? pensa Isabel. *Stacey peut nous épier jusqu'à s'en abîmer les yeux. Je m'en moque !*

Dès qu'elle embrasserait Alex, elle oublierait tout. C'était ce qu'elle aimait dans ses baisers.

Comme si chacun était des mini-vacances, loin de tout !

Elle en avait besoin.

Alex enfouit les doigts dans les cheveux de la jeune fille et effleura sa bouche avec la sienne. Il savait se montrer si tendre, si doux…

Il fit courir ses mains le long du dos d'Isabel puis l'embrassa de nouveau, sa langue invitant ses lèvres à s'ouvrir.

Quel genre d'émotions suis-je en train d'envoyer à Michael ? se demanda Isabel. *Sent-il que je suis en train de flirter avec Alex alors qu'il est… ?*

Alex s'écarta.

— Que se passe-t-il ? Tu es sûre que tout va bien ?

— Oui, ne t'inquiète pas.

Isabel hocha la tête puis se leva.

— Je reviens tout de suite !

Elle se précipita dans les vestiaires.

C'est la première fois qu'embrasser Alex ne me fait pas oublier le reste du monde !

Menteuse…, répondit une petite voix dans sa tête.

Embrasser Alex n'avait plus cet effet sur elle depuis qu'elle avait jeté un coup d'œil dans les rêves de Michael et qu'elle s'y était vue…

C'est vrai, ça ne marche plus depuis que je me suis vue entre les bras de Michael…

— J'aimerais être un… enfin, tu sais, dit Maria à Liz.

Elle accrocha une commande à la roue de métal et la fit tourner vers les cuisines.

— Les clients ne veulent pas de fromage dans leur « Vaisseau Mère » ! cria-t-elle à Stan, le cuistot.

— Non, je ne sais *pas*, répondit Liz. Qu'aimerais-tu être ?

— Un *tu sais quoi*.

Maria regarda la salle du *Crashdown Café*.

Les quelques clients installés aux tables en forme de soucoupes volantes ne prêtaient pas attention à leur conversation. Pourtant, selon Maria, utiliser le mot en « e » en public n'était pas une bonne idée.

Liz secoua la tête.

— Peut-être pourrais-tu me mimer ce qu'est un « *tu sais quoi* ». Je n'ai pas la moindre idée de ce que tu veux dire.

— Un *tu sais quoi*... Comme Isabel, Max et Michael, chuchota Maria.

— Vraiment ?

Liz rajusta l'élastique qui retenait ses longs cheveux bruns, les empêchant de lui tomber sur le visage.

— Tu voudrais être un « tu sais quoi », même après tout ce qui s'est passé ? Je te rappelle que la Terre n'est pas l'endroit le plus amical pour *eux*...

— Je ne l'oublie pas, dit Maria. Mais Isabel et Max peuvent *sentir* à tout instant ce qu'éprouve Michael. Et savoir par quoi il est en train de passer.

La jeune fille hésita. Elle avait le sentiment que finir sa phrase porterait malheur à Michael.

— Ils sentent au plus profond d'eux-mêmes que… Michael est toujours en vie.

Maria était folle d'inquiétude. Michael occupait toutes ses pensées… Que lui faisait-on subir dans le complexe ?

Valenti l'a-t-il torturé ?

Isabel ne connaissait pas les réponses à ces questions. Elle ne pouvait pas *communiquer* avec Michael. Mais elle savait s'il éprouvait de la douleur, de la peur ou de la colère…

Elle gardait un *lien* avec Michael. Maria, elle, n'avait rien. Sinon une impression de vide au creux de la poitrine… Un vide douloureux qui grandissait à chaque seconde qu'elle passait loin de Michael…

— Michael ne va pas mourir. Réfléchis un peu, Maria. *Vivant*, il a plus de valeur aux yeux du shérif que mort. Valenti ne prendra pas le risque de le tuer. Michael est une source d'informations. Et tant que le shérif n'aura pas trouvé les autres… *tu sais quoi.*

Sans quitter son amie des yeux, Liz prit une profonde inspiration.

— Et nous le ferons évader du complexe avant que les choses en arrivent là.

Maria hocha la tête.

— Je sais. J'aimerais seulement…

Le thème de *Rencontres du Troisième Type* l'interrompit. Elle jeta un coup d'œil vers la porte.

Alex ! Peut-être pourrait-il leur changer les idées…

— Que pensez-vous des petites culottes qui ont les mois de l'année inscrits dessus ?

Alex s'assit sur un des tabourets alignés devant le comptoir.

— Quoi ? s'écria Liz.

— J'établis une liste des plus mauvaises idées de marketing pour mon site web.

— Qui change de petite culotte une fois par mois ? demanda Maria. Si on en fabriquait avec l'année marquée dessus, elles se vendraient comme des petits pains !

Elle garda son sérieux une demi-seconde puis éclata de rire.

— Crois-tu qu'elle se moque de moi, Liz ? Sois franche… Moi, je jurerais qu'elle se paie ma tête !

Ce fut plus fort qu'elle : Maria riait si fort qu'elle en eut les larmes aux yeux.

Liz mit un verre d'eau froide dans la main de son amie. Maria avala une gorgée… et s'étouffa à moitié, toussant jusqu'à ce que son nez, sa gorge et ses poumons soient en feu.

Alex se pencha par-dessus le comptoir et lui flanqua quelques claques dans le dos. Maria eut une dernière quinte de toux. Après avoir arraché une serviette en papier au distributeur le plus proche, elle se tamponna les yeux et se moucha.

— Ça va ? demanda Liz.

— Oui… mais je me sens *terriblement* embarrassée.

Maria plia la serviette en papier et s'essuya de nouveau les yeux. Les larmes continuaient de ruisseler sur ses joues. Dieu, elle *devenait* folle ! Elle jeta un petit coup d'œil autour d'elle.

— Oh, non, tout le monde me regarde… !

— Ta commande est prête, Maria ! cria Stan.

— Ne t'inquiète pas, je m'en charge, dit Liz à son amie.

Elle prit des assiettes et partit servir les clients de Maria.

— Tu es sûre que ça va ? demanda Alex.

Il tira une autre serviette en papier du distributeur et la lui tendit.

— Oui. Dis-moi… Pourquoi es-tu venu ?

Maria fit de son mieux pour contrôler sa voix de façon à donner l'impression qu'elle était remise de son fou rire, de ses hoquets et de sa crise de larmes.

— Je croyais que tu devais voir Isabel… Elle voulait aller au centre commercial après l'entraînement, non ?

— Elle a changé d'avis. Il paraît qu'elle n'était pas d'humeur à faire les boutiques ! Je lui ai proposé de m'accompagner, mais elle a refusé.

— Alex, ça n'a rien à voir avec toi, n'est-ce pas ? Je suis sûre qu'Isabel avait juste besoin d'un peu de solitude. Tu sais, elle est très inquiète pour Michael.

— Oui, mais…

— Mais quoi ?

— Avant que Michael ne soit capturé, j'avais déjà l'impression qu'Isabel était… Je ne sais pas… Rappelle-toi cette soirée… Elle m'a laissée tomber au moins une heure !

— Une heure *entière* ? taquina Maria.

Mais elle avait l'estomac noué. Elle savait où

était passée Isabel pendant l'heure où elle avait « disparu ».

Dans le jardin, avec Michael. Et ils étaient presque enlacés.

Etait-ce parce qu'il aimait Isabel que Michael n'avait rien dit – ou pas grand-chose – quand Maria lui avait déclaré sa flamme ?

CHAPITRE IV

Michael sursauta.

Quelqu'un ouvrait la porte de sa cellule.

Quoi encore ?

— Nous avons pensé que vous auriez envie de vous distraire, dit un garde. En jouant aux cartes, par exemple.

Il laissa entrer Adam puis referma la porte.

Ai-je l'air d'un abruti congénital ? pensa Michael. *Croient-ils que je ne devine pas leurs intentions ? Dans ce cas, ils se trompent. Ils veulent me soutirer des informations, c'est évident ! Mais comme je refuse de répondre à leurs questions, ils espèrent que je laisserai échapper un indice qui leur dévoilera l'identité des autres. Comme ça, ils les ajouteront à leur collection…*

Et ils se sont dit que leur petit extraterrestre apprivoisé les aiderait. En ayant une connexion avec moi, peut-être… La dernière fois, il n'a pas dû fouiller assez dans mes souvenirs, à leur goût… Mais je ne me laisserai plus surprendre !

Au labo, Adam avait vu Isabel quand il s'était

connecté de force à Michael. Mais tout la désignait comme une humaine super-canon qui hantait les souvenirs du jeune homme.

Isabel n'a rien à craindre pour l'instant.

Quand Adam était dans les parages, il devrait se montrer très prudent. Avec ses airs de gamin inoffensif – Michael devait constamment se rappeler qu'ils étaient à peu près du même âge –, Adam pouvait se révéler très dangereux.

Le prisonnier jeta un coup d'œil à son visiteur.

Adam était adossé à la porte, comme s'il voulait la traverser.

On dirait que cette cellule est le dernier endroit de l'univers où il a envie d'être...

Que lui avaient dit les hommes du Projet Table Rase pour qu'il ait peur de Michael ?

Et que lui a-t-on raconté à son *sujet ?*

Adam savait-il qu'il venait d'une autre planète ? Ou croyait-il que tous les gens venaient au monde dans un cocon métallique et grandissaient dans des cellules vitrées ?

— Tu veux jouer aux cartes ? lança Michael.

Il essayait d'adopter un ton rassurant – sans imiter celui de maître d'école pour enfants attardés du shérif.

— Viens. Faisons quelques parties.

Michael recula au bout du lit. Adam hésita, puis s'écarta de la porte et vint s'asseoir en face de lui.

— Tu sais, nous y avons joué au labo...

Prenant cela pour une invitation, Adam tendit le bras pour établir une connexion.

Michael retira vivement sa main.

— Non, je n'aime pas ce jeu-là ! N'essaie plus ça avec moi sans m'avoir demandé mon avis. Compris ?

De l'inquiétude dans ses grands yeux verts, Adam hocha la tête.

— Bien. A quoi veux-tu que nous jouions ?

— J'adore le Huit Américain, répondit Adam.

Il sortit de sa poche un jeu de cartes et commença à distribuer.

Le Huit Américain.

Dieu…

Michael essaya de se rappeler les règles. Sa dernière partie remontait à si longtemps qu'il n'était pas sûr de s'en souvenir…

— Ah oui ? Génial ! C'est mon jeu préféré.

Michael n'aimait pas mentir, mais il devait gagner la confiance d'Adam. Dès qu'il aurait trouvé comment s'évader, il passerait à l'action… Mais pas sans le jeune homme.

Pas question d'abandonner un des siens dans ce trou à rats !

Adam retourna la carte posée sur le tas, entre Michael et lui : un trois de cœur. Il ramassa sa main, l'étudia, puis mit le valet de cœur sur le trois.

Ah, oui ! Il suffit de jouer la même couleur. Ou d'avoir une carte ayant la même valeur.

Il se souvenait des règles. Un bon début.

Il ramassa sa main, y trouva un cœur et le plaça sur celui d'Adam, qui le couvrit du deux de cœur.

Michael voulut poser le deux de pique, mais son adversaire l'en empêcha.

— Non ! Tu dois piocher deux cartes ! Quand je joue un deux, tu prends automatiquement deux cartes !

Adam désigna son deux de cœur et gloussa.

Sa joie enfantine arracha un sourire à Michael.

Adam se prenait au jeu !

Petite, Isabel jouait à la bataille comme si elle avait parié des fortunes sur la partie... Et elle trichait, s'arrangeant toujours pour distraire ses adversaires avant de jeter la bonne carte sur la table...

Mais Izzy avait sept ans...

Adam devait en avoir seize ou dix-sept.

Michael serra les poings de colère. Adam était capable d'enregistrer des informations plus vite que n'importe quel humain. Si on lui donnait un ordinateur ou un livre, il absorberait les connaissances comme une éponge. Au lieu de ça, il était excité par un stupide jeu de cartes !

— Qui t'a appris à jouer ?

Il ne laisserait pas échapper la moindre information devant Adam. Mais il lui en soutirerait autant qu'il pourrait...

— Papa, répondit Adam.

Il posa le deux de carreau et éclata de rire quand son adversaire se pencha pour piocher deux nouvelles cartes. Le but du jeu était de se débarrasser de celles qu'on avait en main, pas d'en avoir de plus en plus... Mais Michael s'en fichait.

— Et qui est ton père ?

— M. Valenti.

Adam appelait *papa* l'homme qui l'emprisonnait depuis sa naissance dans un complexe de béton souterrain ?

Quand je pense que j'ai cru vivre en enfer en changeant continuellement de foyer d'accueil ! Il y a des choses pires. Infiniment pires…

— Et ton… *papa*…

Le mot brûlait la langue de Michael comme de l'acide.

— Ton *papa* t'a-t-il appris l'autre jeu ?

— Non, répondit Adam. J'ai toujours su y jouer.

— Sait-il y jouer aussi ?

Il était temps d'attirer l'attention d'Adam sur les différences qui existaient entre le shérif et lui. Le moment viendrait – sans doute bientôt – où il révélerait au garçon la vérité au sujet de Valenti. Une vérité plus facile à « digérer » s'il commençait à semer le doute dans son esprit…

Ensuite, il réussirait sans doute à le convaincre de s'enfuir avec lui. Car il n'aurait pas une chance de faire évader Adam contre sa volonté.

Pour ça, il fallait qu'il comprenne que Valenti ne méritait ni sa loyauté… ni son amour. Comment le shérif avait-il pu le manipuler pour s'en faire aimer ? Car c'était le cas. Il suffisait de l'entendre prononcer le nom de son « père ».

Adam sourit.

— Evidemment non ! Ce n'est pas un jeu pour les papas…, répondit-il sur un ton qui en disait long.

Tout le monde sait ça !

Logique. Valenti avait inventé une excuse pour expliquer son incapacité à « jouer » avec Adam. Il suffirait que le jeune homme pioche des images dans son esprit pour comprendre quel genre de personnage « papa » était vraiment…

— A toi de jouer, dit Adam.

— Oh, c'est vrai. Laisse-moi réfléchir…

Michael prit une carte et la remit dans son jeu… Se mordillant les lèvres, il en choisit une autre, avant de répéter son manège.

Adam éclata de rire. Comme si c'était la chose la plus drôle qu'il ait vue…

Bon sang, il devrait sortir plus souvent !

Michael joua finalement une carte.

Au même instant, il surprit un mouvement du coin de l'œil. Tournant la tête, il vit Valenti et deux gardes escorter une fille le long de la double rangée de cellules.

— Qui est-ce ? demanda-t-il à Adam.

Celui-ci jeta un coup d'œil par-dessus son épaule… et écarquilla les yeux.

— Je ne sais pas.

Le pauvre avait l'air d'avoir été frappé par la foudre. A en juger par sa réaction, c'était probablement la première fille de son âge qu'il voyait.

Eh bien, si nous sortons d'ici, Adam ira de surprise en surprise.

Même dans un tout autre contexte, cette fille serait déjà sortie du lot. Grande et mince, avec des cheveux roux coupés plus court que ceux de Michael, elle n'avait pourtant pas l'air d'un garçon manqué. Au contraire.

Que faisait-elle ici ? Quelle que soit la raison de sa présence, elle ne semblait pas heureuse d'y être.

Un garde ouvrit la porte d'une cellule située face à celle de Michael et y poussa la fille. Droite comme un « i », la tête haute, elle garda le dos tourné.

Michael ne souhaitait à personne d'être enfermé dans une de ces maudites cellules. Mais il se réjouissait que ce soit quelqu'un doté d'un physique pareil.

Cameron Winger ne se retourna pas.

Ainsi, elle ne verrait pas la porte se refermer.

Si au moins le shérif lui en avait dit plus long sur ce qu'il attendait d'elle ! Il avait parlé de tests. Elle commencerait le lendemain.

Des *tests*.

Le concept pouvait cacher n'importe quoi. Rester assis à une table et remplir des millions de cases. Ou…

Cameron préférait ne pas continuer sur cette voie. A quoi bon se torturer ? Quoi qu'il arrive, elle n'y couperait pas. Le shérif y veillerait.

Douée pour évaluer les gens, elle savait Valenti incapable de pitié. Sa vie en eût-elle dépendu qu'il n'aurait pas pu se forcer à éprouver une émotion sincère. Quand il avait pris une décision, c'était le genre d'homme à ne jamais revenir dessus.

Si Cameron changeait d'avis au sujet des tests,

elle pourrait pleurer toutes les larmes de son corps, crier jusqu'à se casser la voix, être prise de convulsions, avoir de l'écume aux lèvres… Rien n'y ferait. Valenti resterait insensible.

Il ne la laisserait pas partir !

Cameron se retourna et vit que les deux gardes et le shérif l'observaient. Elle lutta contre l'envie de coller son visage à la vitre, bouche ouverte, et de gonfler les joues. Leur faire une « grimace de poisson » n'était sans doute pas une bonne idée. Même si sa cellule évoquait un aquarium.

Plutôt que d'un poisson, elle se faisait l'effet d'un homard. Un de ceux qu'on arrache à leur bassin pour les jeter dans l'eau bouillante…

Sans ciller, elle soutint le regard du shérif, qui tourna les talons et s'en fut.

Bien.

Cameron se demanda ce que les deux garçons enfermés en face avaient fait. Celui aux cheveux bruns avait encore des airs de petit protégé à sa maman.

Pourtant, il doit avoir à peu près le même âge que moi…

Quant à l'autre, celui à la tignasse ébouriffée… Il semblait dangereux avec ses yeux gris comme ceux du shérif. Mais les siens brûlaient d'une multitude d'émotions à peine contenues. Un écorché vif ! Pour son malheur, Cameron n'avait jamais pu résister aux garçons de ce genre.

Elle imita des pinces de homard avec ses doigts, les ouvrant et les fermant.

La réaction du garçon ? Un sourire qui donna à Cameron le sentiment d'être vivante – pour le moment.

Max prit une profonde inspiration, tourna la clé dans la serrure et ouvrit l'appartement de Ray. Un parfum – de la levure de boulanger ? – lui chatouilla les narines. L'odeur faisant partie des messages que lui transmettait la conscience collective, il l'ignora.

Il avait essayé de parler à Ray par le biais de cette connexion. En vain. Il ignorait comment procéder. Chaque fois, il avait obtenu une image, une senteur, une sensation, un son, un goût… accompagnés d'une information.

En d'autres circonstances, il aurait été ravi d'en apprendre autant sur ses semblables et sur son monde d'origine. Mais s'enthousiasmer alors que Ray était… parti… semblait difficile.

Et Michael avait été capturé.

Max se décida à franchir le seuil, referma derrière lui, et gagna la chambre à coucher. Un sourire flotta sur ses lèvres quand il traversa le salon. Les chaises en sacco du mobilier étaient loufoques et… ça représentait tellement Ray !

Le jeune homme sentit sa gorge se serrer, des larmes lui monter aux yeux. Dire qu'il n'entendrait plus jamais les plaisanteries stupides de Ray… Et qu'il ne le verrait plus imiter Elvis…

Quoi qu'il arrive, Ray ne serait plus là pour leur prêter main-forte.

— Vous allez terriblement me manquer, murmura Max. Et pas seulement parce que vous n'avez pas cessé de nous sauver la vie…

Le moment était mal choisi pour se laisser aller à la tristesse. Max devait fouiller l'appartement pour s'assurer que rien ne trahirait une présence extraterrestre… Ici, ou ailleurs.

Max entra dans la chambre à coucher. Il vit d'abord, étalé sur le lit, le T-shirt, *J'ai survécu à l'Affaire de Roswell.*

La moitié de la ville avait le même…

Max ramassa le T-shirt et l'enfila par-dessus le sien. Il garderait un souvenir de son ami. Ce T-shirt, c'était Ray tout craché ! Max savait qu'il pourrait fouiller pendant des heures sans trouver un objet aussi symbolique.

Ray aurait sans doute aimé léguer le vêtement à l'un des véritables survivants du crash de Roswell…

Max ouvrit le placard. Il découvrit une pile de T-shirts, des jeans, des chinos et trois paires de tennis en toile. Dans un coin traînait un des uniformes loufoques – moitié costume d'Elvis, moitié combinaison spatiale –, qu'ils portaient au musée depuis que Ray avait lancé une exposition sur le lien supposé entre le King et les extraterrestres. C'était tout. Ray n'était pas du genre à concourir pour le prix de l'homme le mieux habillé d'Amérique.

Max s'attaqua ensuite à la commode. Il secoua la grosse boîte de beurre de cacahouètes pleine de pièces de monnaie. Puis il flanqua une pichenette aux trois extraterrestres joueurs de guitare, pour que leurs têtes oscillent en rythme. Retrouvant un peu de courage, il ouvrit les tiroirs. Rien. A moins de chercher des sous-vêtements, des cravates ou un gorille en peluche accroché à son Empire State Building…

Rien à signaler.

Il regarda une dernière fois la chambre puis passa dans la salle de bains. L'inventaire fut rapide : un tube de dentifrice et un flacon de bain moussant.

Toujours rien à signaler.

Restait la cuisine. Ensuite, il repartirait et il ne serait pas fâché ! Cette fouille en règle commençait à lui donner la chair de poule…

Dans la cuisine, il ouvrit le premier placard : des boîtes de céréales – celles avec les petites fusées en marshmallow. Ray n'avait aucune angoisse à l'idée de commencer la journée en ingurgitant une quantité astronomique de sucre et de colorants artificiels.

Il ouvrit le second placard… et éprouva une drôle de sensation au niveau de la nuque, comme si des fourmis lui couraient dans le cou.

Dring ! La conscience collective au bout du fil…

Existait-il un moyen de s'accrocher au cerveau un panneau « *Ne pas déranger* » ? Il n'avait pas le temps, pour l'instant !

Max entendit des bruits de bottes dans le couloir et comprit que ces parasites mentaux étaient sans rapport avec la conscience collective… Son instinct lui soufflait qu'il n'était plus seul dans l'appartement.

Il fit volte-face.

Les yeux dissimulés par ses lunettes miroirs, le shérif Valenti apparut dans l'embrasure de la porte.

— Oh, Dieu ! bafouilla Max. Vous m'avez fait peur.

Valenti eut un petit sourire.

— Vous aimeriez savoir ce que je fais ici…

Bravo, Max, tu n'aurais pas pu trouver mieux…

Valenti hocha la tête.

— Je venais voir mon patron, Ray Iburg. Quand je suis arrivé au boulot, le musée était fermé. Alors je suis venu ici. Ray m'a confié une clé il y a quelques semaines.

— Avez-vous idée de l'endroit où il est ? demanda le shérif. Hier, le musée était également fermé. Je commence à m'inquiéter.

Vous auriez dû y songer avant de lui tirer dessus ! pensa Max, furieux.

Il ne laissa rien paraître de sa colère.

A quoi jouait le shérif ? Essayait-il de déterminer si Max savait la vérité sur son patron ? Ou avait-il torturé Michael jusqu'à ce qu'il avoue tout sur les autres extraterrestres de Roswell ? Son ami avait peut-être dû révéler la véritable identité d'Isabel et de Max…

L'expression – ou plutôt l'absence d'expression – de Valenti ne lui donnait pas le moindre indice.

— Il ne m'a rien dit, assura Max.

Son cuir chevelu le démangeait, mais il résista à la tentation de se gratter. Le shérif aurait pris ça pour de la nervosité.

— Je vois, dit Valenti. Eh bien, si M. Iburg réapparaît, dites-lui de me contacter. Dans le cas contraire, si vous apprenez quoi que ce soit, appelez-moi.

Valenti quitta l'appartement.

Il en sait plus qu'il ne le dit, pensa Max en le suivant dans le couloir.

Oui, mais quoi ?

CHAPITRE V

— Très bien, dit le docteur Doyle. Maintenant, je veux que vous vous connectiez à Bill et que vous me disiez à quoi ressemble sa mère.

— Aurai-je un morceau de fromage si j'obéis ? marmonna Michael.

Adam était heureux de faire tout ce que lui demandait le docteur. Pour lui, ces tests étaient des jeux, au même titre que le Huit Américain. Et pourquoi pas ? Avait-il jamais connu autre chose… ?

— Etes-vous fatigué, Michael ? demanda Doyle. Si vous avez besoin de repos, nous ferons une pause.

— Non. Que le jeu commence !

Michael tendit une main et la posa sur le bras de Bill, le veinard qui servait de cobaye. Il prit plusieurs inspirations, histoire d'établir la connexion plus facilement.

Allez, Bill ! pensa-t-il. *Laisse-toi faire… Oui, ça y est !*

Un flot d'images envahit son cerveau.

Un verre de jus d'orange renversé sur le sol carrelé d'une cuisine…

Un Bill adolescent qui essayait d'épingler une fleur au corsage de la robe sans bretelles de sa cavalière, avant le bal de fin d'année…

Un panier descendu dans un trou avec une corde…

Yoda et Luke, dans *Star Wars*…

Les images affluaient. Michael n'avait jamais tenté de sélectionner un souvenir spécifique dans l'esprit de quelqu'un. Or, c'était la demande du docteur Doyle.

Il se focalisa sur une image et voulut arrêter le défilement.

Ça marche !

Une voiture… Une Plymouth Barracuda. Pendant qu'il l'étudiait, il « reçut » des informations.

Elle appartenait à la grand-mère de Bill qu'il appelait Honey, parce que pour elle, « grand-mère », c'était bon pour les vieilles dames. Avec la Barracuda, Honey et Bill avaient fait un tour à Las Vegas quand il avait dix ans et demi. Elle l'avait laissé dans un casino, près des machines à sous, et il avait gagné cinq dollars.

Emouvant, pensa Michael. *Oui, c'est touchant*…

Mais il était censé découvrir à quoi ressemblait la *mère* de Bill. Il laissa l'image de la voiture s'effacer et le défilement d'images reprit.

Un chat à l'oreille cassée.

Le shérif Valenti.

Une hôtesse de l'air.

Allez, maman de Bill ! Montre-toi ! Où es-tu ?

Il sentit qu'on retirait sa main du bras de Bill.

La connexion cessa.

— Avez-vous vu sa mère ? demanda Doyle.

— Non, répondit Michael. Je ne contrôle pas ce que je vois.

Il aurait aimé continuer ces tests seul, pour déterminer s'il pouvait obtenir une information spécifique au cours d'une connexion. Mais dans ces conditions, pas question ! Il refusait d'encourager les recherches du Projet Table Rase. Si ces types approchaient de près ou de loin de ce genre de technologie…

… Ils ne se gêneraient pas pour « ouvrir » les crânes des gens et fouiller.

Doyle écrivit quelque chose sur son carnet de notes.

— Adam non plus n'est pas capable de sélectionner une image particulière dans les souvenirs d'autrui. Comme vous, il *subit* le flot d'informations sans le *contrôler*. J'aimerais réessayer ce test différemment. Adam et vous allez vous connecter l'un à l'autre. Ensuite, vous vous connecterez à Bill.

Du regard, Adam interrogea Michael qui hocha la tête, lui donnant sa permission. Bien obligé ! Il n'avait aucune envie qu'Adam se connecte à lui, mais avait-il le choix ?

S'il refusait de s'exécuter, papa Valenti s'empresserait de le faire attacher sur une table…

Adam toucha le poignet de Michael et la connexion fut instantanée. Et sans effort.

Tandis qu'il recevait le flot d'images venant du cerveau d'Adam, Michael prit le bras de Bill. Les images continuèrent de défiler, mais leur origine n'était plus la même.

Cherche la mère de Bill…, se dit Michael.

Le flux accéléra jusqu'à devenir une traînée colorée. Le jeune homme était incapable de distinguer quoi que ce fût.

Et puis…

Boum !

Une image emplit son champ de vision.

Salut, maman de Bill !

Il capta des informations sur la femme. Mais Doyle coupa la connexion avant qu'il ait eu le temps de les enregistrer.

— Elle sentait le citron, annonça Adam.

Le docteur jeta un coup d'œil à Bill.

— C'est vrai. Elle adorait le shampoing parfumé au citron.

Michael se sentit soudain plein d'énergie. Il s'était souvent connecté à Max et à Isabel, et il leur arrivait d'utiliser leurs pouvoirs en même temps. Mais ils n'avaient jamais établi de connexion pour faire appel à leurs pouvoirs *combinés*.

Qui sait ce que nous aurions pu accomplir si nous en avions eu l'idée ?

— Recommençons, ordonna Doyle. Cette fois, trouvez le code d'ouverture de ce labo… Si vous y arrivez, il va sans dire que nous le changerons !

L'homme sourit de sa plaisanterie.

Vous devriez faire une émission comique, pensa Michael. *Vous êtes un sacré marrant, docteur Doyle.*

Au moment où Adam allait lui prendre le poignet, la porte s'ouvrit. Valenti entra, suivi par la fille rousse.

— Je vous présente Cameron Winger, dit le shérif au docteur. Ses pouvoirs parapsychologiques m'intriguent. Comment pourrait-on les combiner aux leurs ?

Il désigna Michael et Adam.

— Je suis certain que vos tests nous apporteront des réponses.

Des pouvoirs parapsychologiques... ?

C'est quoi ? Des perceptions extrasensorielles ?

— Bien sûr ! répondit vivement Doyle. Prenez place entre Michael et Adam, jeune fille.

— Que font-ils ici ? demanda Cameron en jetant un coup d'œil aux deux jeunes gens.

— Vous n'avez pas le droit de parler, sauf pour répondre aux questions qu'on vous posera, rappela Valenti.

— Très bien, je couinerai une fois pour « oui » et deux pour « non ». Ai-je compris mon rôle ?

Cameron s'assit à côté de Michael.

— Je ne suis pas sûre d'avoir retenu ton nom. Tu t'appelles Mickey, c'est ça ?

— Oui, et toi c'est Minnie ?

— Non, « le Cerveau ». Briefing sur la domination du monde. Minuit. Dans ma cellule.

Les narines de Michael s'emplirent d'une odeur familière. Laquelle ?

La plage ! Elle sent comme une plage...

Michael s'était rendu une seule fois au bord de la

mer. Les Evans l'avaient emmené en vacances. La plus belle semaine de sa vie !

Il inspira profondément.

Oh, oui…

— Je dois vous demander de ne pas parler entre vous, dit Doyle aux trois jeunes gens avec un coup d'œil inquiet à Valenti. Je vais vous faire passer des tests télépathiques. Les résultats seront faussés si vous avez échangé des informations.

— Je veux un rapport complet sur mon bureau dès ce soir, lâcha Valenti.

Il tourna les talons et se dirigea vers la porte.

— Attends, papa ! cria Adam. Michael et moi avons établi un lien, puis nous l'avons utilisé pour nous lier à Bill. Voir sa mère nous a pris moins de deux secondes !

— C'est très bien, répondit Valenti.

— Oui, c'est très bien, petit, fit Michael, imitant le shérif.

— Du calme, Michael ! cracha Valenti. Nous savons comment vous « guérir » de ce genre de comportement.

Il regarda le jeune homme un long moment puis attira Doyle à l'écart.

Pendant que le shérif chuchotait ses ordres au médecin, la colère de Michael échappa soudain à son contrôle. Cette mascarade était plus qu'il n'en pouvait supporter. Voir Adam admirer un monstre lui donnait la nausée. Il fallait que cet innocent ouvre enfin les yeux et apprenne la vérité sur « papa Valenti ».

Que se passerait-il si Adam se connectait à Valenti ?

— Adam, murmura-t-il, va jouer à notre jeu avec papa Valenti. Je sais que ce n'est pas pour les papas, mais je suis sûr qu'il sera très impressionné.

Adam bondit sur ses pieds, se précipita sur le shérif et lui prit la main.

Quand les images commencèrent à défiler dans sa tête, il laissa échapper un gémissement de bête blessée qui désespéra Michael.

— Si Michael avait tout dit à Valenti, vous ne seriez pas assis en ce moment dans ce salon, dit Alex.

Il regarda ses amis.

Liz, Maria, Isabel et Max semblaient être d'accord avec lui.

Son regard s'attarda sur Isabel. Pourquoi s'était-elle assise dans le fauteuil ? Dès qu'ils étaient entrés dans la pièce, elle s'était pratiquement jetée dessus. Bon, il n'avait pas besoin de l'avoir à ses côtés à longueur de journée – même si s'en plaindre ne lui serait pas venu à l'esprit. Mais fallait-il qu'elle l'*évite* ?

Oh, Seigneur ! Tu étais prévenu. Passer trop de temps en compagnie de Liz et de Maria n'est pas bon pour toi. Tu souffres d'une crise aiguë de « réaction de fille ». Les garçons n'analysent pas ce genre de situation. Si tu n'y prends garde, tu te mettras à regarder des films avec Meg Ryan, puis…

— Je ne vois pas pourquoi tu dis ça ! lança

Isabel, tirant Alex de ses réflexions. Michael ne fournira jamais d'informations à Valenti sur notre compte.

— Il est un peu… naïf… d'affirmer une chose pareille, tu ne crois pas ? Valenti a plus d'un tour dans son sac. Je suis certain qu'il pourrait me faire crier comme un goret et m'arracher tout ce que je sais en moins de temps qu'il n'en faut pour le dire !

— Oui, mais tu n'es pas Michael, n'est-ce pas ?

Oups…

C'était un coup bas, même d'un point de vue masculin.

Comme si Michael était infiniment plus brave, plus fort et plus héroïque qu'Alex !

C'était peut-être vrai. Mais Isabel était *sa* petite amie !

— Quand allons-nous passer à l'action et sauver Michael ? demanda Maria.

— Voilà trois jours que Valenti le retient prisonnier, dit Alex.

— Je doute que ce soit un délai suffisant, Maria, répondit Liz.

— Après le vol des cristaux de communication, ajouta Max, ces gens se montreront beaucoup plus vigilants.

— Je pense aussi qu'il est trop tôt, approuva Alex.

— « Je pense ceci… cela… » ! explosa Isabel. Voilà tout ce que nous entendons depuis que nous sommes là ! Et notre avis ne compte pas ?

C'est de la démence passagère, se dit Alex.

Michael est comme un autre grand frère pour elle. Il ne faut pas lui en vouloir…

— Max, Maria et Liz viennent d'exprimer leur opinion, rappela-t-il, essayant de rester calme. Tu es libre de parler. Que devrions-nous faire ?

Isabel hésita.

— Attendons encore un peu…, marmonna-t-elle.

Un lourd silence s'abattit sur la pièce. Alex entendait l'horloge de la cuisine égrener les secondes.

— Entendu, conclut Max. Mais commençons à réfléchir aux moyens d'entrer dans le complexe. Le moment venu, nous serons prêts à passer à l'action.

Maria se leva.

— Je rentre. Ma mère est toujours dans sa phase post-divorce de rendez-vous galants. Je vais m'assurer qu'elle ne recommencera pas à piller mes affaires !

— Max, veux-tu que nous fassions ensemble notre devoir de bio ? demanda Liz.

— Bien sûr.

Ils allèrent dans la chambre du jeune homme.

Isabel et Alex restèrent seuls.

Le jeune homme regretta qu'ils soient tous partis si vite.

Pourquoi ?

Oui, pourquoi ? D'habitude, il n'avait qu'une hâte : rester en tête-à-tête avec Isabel.

La jeune fille ne bougea pas de son fauteuil. Elle ne le regarda même pas.

Elle doit être terrifiée. Et pas seulement pour Michael… Les hommes du Projet Table Rase pour-

raient un jour lui infliger le même traitement qu'à lui !

Il se leva et s'approcha d'elle. Une main tendue, il écarta une mèche de cheveux de son front.

— Je sais que tu as peur…

Isabel sursauta.

— Tu n'as pas idée de ce que je ressens !

— Alors, dis-le-moi.

Une colère trop longtemps contenue faisant trembler sa voix, elle essaya de la ramener à un niveau contrôlable.

— Et pourquoi le devrais-je ? Etre sorti avec moi ne te donne pas le droit de connaître toutes mes pensées !

— Inutile de les entendre se disputer, dit Max en fermant la porte.

— Tu as raison, approuva Liz.

Quoi qu'il se passe au salon, ça concernait Isabel et Alex. Ils n'avaient pas besoin de témoins.

La jeune fille s'assit sur le lit et sortit un livre de biologie de son sac à dos.

— Je n'ai pas lu le chapitre. Et toi ? demanda-t-elle.

— Non, je n'arrête pas de…

— … penser à Michael. As-tu capté des émotions venant de lui ?

— De la colère et beaucoup de frustration. Mais pas de douleur. Très peu de peur. Je crois qu'on le traite plutôt bien étant donné les circonstances. Mais l'imaginer enfermé là-bas me rend dingue ! Si quelqu'un doit être prisonnier des hommes du Projet Table Rase, c'est moi ! J'avais tant besoin des cristaux de communication !

— Michael et Isabel en auront besoin bientôt, rappela Liz. Le hasard a voulu que tu sois le premier à vivre l'*akino*.

— Je sais. Je me le répète à longueur de temps.

— Eh bien, commence à t'écouter.

Liz ramassa son sac à dos, le fouilla et en sortit un élastique.

— Tiens, essaie ça.

Max regarda l'élastique.

— Pardon ?

— Passe-le autour de ton poignet. Chaque fois que tu te sentiras coupable de l'arrestation de Michael et de sa captivité, tire dessus et lâche-le histoire qu'il claque contre ta peau. Ça t'aidera à revenir à la raison !

Un petit sourire flotta sur ses lèvres.

— C'est comme ça que ma mère s'est arrêtée de fumer.

Max glissa l'élastique autour de son poignet et tira dessus.

— Ça fait mal !

— C'est le but de la manœuvre, assura Liz. Sinon, quel intérêt ? C'est censé te tirer de tes réflexions… Bien sûr, il existe une autre méthode.

Elle fit de son mieux pour garder son sérieux, mais son sourire la trahit.

— Hélas, je crains qu'elle n'en soit encore au stade expérimental…

— Rien qui ressemble à du placenta, hein ? demanda Max. Ces derniers temps, tous les nouveaux médicaments semblent s'en inspirer. Aux infos, j'ai vu que le sang tiré du placenta est maintenant utilisé comme substitut dans les greffes de moelle osseuse.

— Ne t'inquiète pas, le placenta n'a rien à voir là-dedans. C'est une méthode très simple : il te suffit de m'embrasser. Chaque fois que tu sens la culpabilité revenir, tu m'embrasses !

— Eh bien…, feignit d'hésiter Max. Je garderai un esprit ouvert et j'essaierai cette méthode, même si elle en est encore au stade expérimental.

Il glissa une main sous les cheveux de la jeune fille et effleura sa nuque.

— Je vais même y recourir dès maintenant. Tu vois, je commence à me sentir un peu coupable…

— Vraiment ? (Liz referma les bras autour de sa taille.) Voyons si la méthode Ortecho est efficace.

Elle lui donna un long baiser qui répandit une douce chaleur dans tout son corps. C'était incroyable ! Elle avait encore du mal à réaliser qu'elle pouvait embrasser Max chaque fois que l'envie lui en prenait. La seule bonne chose qui ait résulté de sa maladie… Il avait fini par comprendre qu'il avait tort de renoncer à l'amour de Liz. Quel gâchis de rester de simples amis !

Liz s'écarta un peu.

— Alors, qu'en dis-tu ?

Ses lèvres restaient si proches de celles de Max qu'elles les effleuraient à chaque syllabe.

— Efficace, répondit-il. Très. Mais il y a autre chose…

Il s'éclaircit la gorge.

— J'ai… euh… mangé le dernier biscuit à la noix de coco que mon père adore ! Ce sont ses préférés. Je me sens un peu coupable…

Ils s'embrassèrent de nouveau.

Le rire de Liz se transforma en halètement de surprise quand Max s'allongea sur le lit, l'entraînant avec lui. Les cheveux de la jeune fille voletèrent autour de leurs deux visages.

Liz eut l'impression que le monde entier disparaissait quand Max l'embrassa dans le cou et caressa de sa langue le creux situé à la base de sa gorge. Plus rien ne comptait.

Soudain, elle entendit la porte d'entrée claquer.

— Tu crois qu'Isabel a besoin de nous ? demanda-t-elle.

Après tout, c'était la sœur de Max.

— Pour l'instant, elle doit surtout rester seule. (Il referma les mains autour de la taille de Liz.) Et je me sens de nouveau un peu coupable… Il n'est pas juste qu'elle se dispute avec son petit ami alors que nous sommes dans ma chambre.

— Oui… Je me sens aussi un peu coupable à ce sujet.

CHAPITRE VI

La porte s'ouvrit et Cameron franchit le seuil de la cellule de Michael comme si elle n'y était pas contrainte par les deux gardes armés de mitraillettes.

— J'ai l'impression de revivre une scène de *La Planète des Singes*, dit-elle.

Elle attendit qu'ils aient refermé la porte pour continuer :

— Tu sais, la scène où on enferme une femme avec Taylor, l'astronaute. En guise de cadeau…

La Planète des Singes.

Oh, Dieu…, pensa Michael.

Maria et lui avaient regardé ce film lors d'un de leurs marathons vidéo, quelques semaines plus tôt… Avant qu'elle lui avoue qu'elle était amoureuse de lui.

Il refusait d'y repenser.

Ça finirait par le rendre dingue.

— Je vois de quelle scène tu parles… (Il leva un sourcil.) Suis-je censé te déballer comme un cadeau ?

— Si j'étais toi, je n'essaierais pas. A moins que ton seuil de tolérance à la douleur ne soit très élevé.

Cameron se laissa tomber sur le lit.

— Où est ton étrange ami ?

— Adam ? Les gardes m'ont dit qu'il nous rejoindrait bientôt. Le docteur Doyle voulait faire encore un test ou deux avec lui.

— Quelle est son histoire ? Est-il… euh… complètement avec nous ?

Michael eut un besoin irrésistible de protéger Adam. Il le connaissait depuis deux jours, mais il le considérait déjà comme un membre de la famille. Ce gamin avait désespérément besoin qu'on prenne soin de lui. En l'absence de volontaire, Michael était décidé à s'en charger.

— Adam est né dans ce complexe, répondit-il. Tout le monde le traite comme s'il avait cinq ans. Pas étonnant qu'il ait l'air d'un gamin de cet âge ! Il n'a pas idée du comportement normal d'un adolescent.

Michael vit les yeux marron de Cameron s'écarquiller.

Elle n'est pas aussi insensible qu'elle veut le faire croire… Ma remarque l'a touchée.

— Et toi, Mickey ? Que fais-tu ici ?

— Je viens d'arriver. Les photos de l'agence de voyages promettaient des locaux beaucoup plus sympas que ça !

— Tu as raison. On nous montrait des baignoires en marbre rose ! J'ignore comment est la tienne, mais la mienne est en porcelaine blanche ! C'est scandaleux et inacceptable !

Cameron laissait aller et venir son index le long d'un pli de son jean, sur le genou. Sur le dos de sa main, Michael vit un étrange tatouage. En règle générale, il trouvait ça plutôt moche. Une fois que la mode serait passée… Mais sur Cameron, le tatouage passait à merveille.

— Réponds-moi franchement. Qu'as-tu fait pour te retrouver ici ?

Michael pensait – et il n'était sans doute pas loin de la vérité – que tous, au complexe, connaissaient la véritable nature d'Adam et la sienne : des extraterrestres. Mais Cameron l'ignorait. Quelques taches jaunes, trahissant de la peur, explosaient dans son aura vert olive. Mais ce n'était rien à côté de ce qu'il aurait vu si elle avait su la vérité.

Elle avait peur parce qu'elle était enfermée dans un endroit étrange où on lui faisait subir des tests qui ne l'étaient pas moins. La peur qu'*il* lui aurait inspirée, en revanche…

C'était celle de l'inconnu. De l'*autre*.

— Toi d'abord, répondit Michael.

Bientôt, Cameron apprendrait la vérité. Mais ce soir, il ne voulait pas la voir s'écarter de lui comme s'il était un monstre.

— Je me suis enfuie de chez moi. Notre ami le shérif m'a retrouvée. Il m'a ramenée à la maison et a conclu un marché avec mes parents. S'ils lui permettaient de m'emmener ici pour subir des tests concernant mes capacités psychiques, il… me

« prendrait en main » suivant son expression. En d'autres termes, il ferait de moi une gentille fifille à sa maman…

— Et tes parents l'ont autorisé à t'emmener ?

L'aura de Cameron s'assombrit.

— Oui. Ils lui ont donné leur bénédiction. Je me demande s'il ne leur a pas proposé de l'argent pour les décider plus vite… En tout cas, l'occasion était trop belle et ils ont sauté dessus ! Ils n'ont jamais été heureux d'avoir enfanté un monstre.

Le monde est plein de chiots dont personne ne veut, pensa Michael.

Des parents prêts à vendre leur propre fille… Quelle horreur !

— Quel âge avais-tu quand tu as compris que tu avais des… aptitudes… hors de portée des gens ordinaires ?

Les taches jaunes qui marquaient l'aura de la jeune fille s'élargirent, la couronne sombre et huileuse s'épaissit, et des éclairs rouges apparurent.

Ce sujet la perturbait.

— Tu sais quoi ? ajouta vivement Michael, qui ne voulait pas être responsable de la détresse d'une camarade d'infortune. Ça n'a pas d'importance. Nous sommes des monstres ! Voilà tout ce que nous avons besoin de savoir l'un sur l'autre. Le reste, on s'en fiche… Parlons d'autre chose.

— Comme d'un moyen de s'évader, par exemple ?

— N'en dis pas plus. Ils amènent Adam…

Cameron et Michael regardèrent les deux gardes

escorter Adam jusqu'à leur cellule. Michael eut beaucoup de mal à regarder le visage défait de son jeune compagnon d'infortune. Il n'avait plus de couleur et ses yeux…

Ses yeux étaient *morts*. Il n'y avait pas plus de vie en eux que dans deux billes de verre.

— Que lui ont-ils fait ? souffla Cameron.

— *Ils* ne l'ont pas mis dans cet état, répondit Michael. Je suis responsable ! Tu te souviens de sa réaction quand il a touché le shérif ? Il a crié parce que son cerveau a été envahi par les souvenirs de Valenti. J'ignore ce qu'il a vu, mais je suis prêt à parier qu'il a découvert certaines choses pas très jolies…

— Une minute, l'interrompit Cameron, levant une main. Quel rapport avec toi ?

— C'est moi qui lui ai demandé de toucher le shérif. Je savais que ce qu'il verrait lui donnerait des cauchemars jusqu'à son dernier souffle. Il croit que le shérif est son père. Du moins, il le *croyait*…

Un garde ouvrit la cellule ; Adam entra. Les épaules voûtées, il rappelait un animal craintif.

— Je suis désolé…, dit Michael.

Il avait attendu que la porte se soit refermée – mais pas une seconde de plus.

— Terriblement désolé de t'avoir demandé de jouer à notre jeu avec pap… avec Valenti. Mais il fallait que tu saches la vérité. Cet homme est dangereux, Adam. Cet endroit l'est. Personne d'entre nous n'y est en sécurité…

Adam ne répondit pas et regarda Michael de ses yeux morts.

Puis…

— Y a-t-il un moyen de sortir d'ici ? demanda-t-il.

— Je crois, répondit Michael. Mais nous avons besoin de toi pour réussir. Te sens-tu de taille à nous aider ?

Adam s'assit sur la chaise, en face du lit.

— Oui.

— D'accord. Tu te rappelles ce que nous avons fait aujourd'hui ? Nous avons réussi à voir la mère de Bill en combinant nos pouvoirs.

Adam hocha la tête.

— Nous allons le refaire avec un garde en essayant de savoir à quoi ressemblent ses enfants. A toi de jouer ! Demande aux gardes de t'apporter un truc que tu as laissé dans ta cellule. Dès qu'il sera parti, nous recréerons notre lien. Quand il reviendra, tu en établiras un avec lui et nous chercherons ensemble l'information. D'accord ?

— Oui, souffla Adam sans hésiter.

Il se leva et regagna la porte.

Cameron se pencha vers Michael.

— Penses-tu pouvoir lui faire confiance ?

— Nous verrons bien…

Il avait toutes les peines du monde à ignorer l'odeur de plage de la jeune fille. Mais pas question de se laisser distraire.

Adam frappa à la vitre. Un garde rouvrit.

— Pourriez-vous m'apporter mon jeu de cartes ? Je l'ai oublié dans ma chambre.

— Pourquoi pas ?

L'homme ressortit, fermant à clé derrière lui.

Ils le regardèrent s'éloigner.

Michael se leva et se plaça derrière Adam.

Quand le garde revint avec le jeu de cartes, Michael vit aussitôt que l'homme n'était pas rassuré par sa présence. Il garda une main au niveau de son taser avant d'ouvrir la cellule.

Il avait pourtant essayé de prendre un air innocent.

Eh bien, on dirait que j'ai échoué…

Il recula d'un pas, sans retirer sa main de l'épaule d'Adam, qui tendit un bras vers le jeu de cartes. A l'instant où ses doigts effleurèrent ceux du garde, Michael et lui passèrent à l'action.

Ensemble, ils étaient vraiment puissants !

Cette fois, cherche les enfants du garde, s'encouragea Michael.

Les images devinrent floues. Puis une fillette aux nattes brunes apparut.

Coupant la connexion, Michael retourna s'asseoir sur son lit.

— Distribue les cartes, Adam, dit-il. Nous allons faire une partie de Huit Américain.

Vu de l'extérieur, tout devait paraître normal.

— De Huit Américain ? répéta Cameron, n'en croyant pas ses oreilles.

— Fille-monstre, as-tu un moyen de nous sortir

d'ici ? lui demanda-t-il sans cesser de regarder Adam.

— Désolée. Euh… Les tests d'aujourd'hui m'ont un peu… *déconnectée.* Avant de me joindre à vous, on m'en avait déjà infligé toute une batterie dans un autre labo.

— Très bien, voilà mon plan, commença Michael. Je peux modifier mon apparence ou celle de quelqu'un d'autre. Et toi, Adam ?

Le garçon fit « non » de la tête.

Cameron eut l'air stupéfaite comme si on venait de lui flanquer un coup sur la tête.

— Je pourrais donner à Cameron l'apparence de la fillette. Ensuite, je menacerais de la tuer si son papa et son collègue ne posent pas leurs armes et ne me laissent pas les enfermer dans une cellule. Après, il s'agira de déguerpir en vitesse !

— Tu dois être le plus étrange de nous trois, dit Cameron. Crois-tu que le garde imaginera une seconde que sa fille est ici ?

— Sa raison lui dira que c'est impossible. Mais que lui soufflera son instinct ? Il aura la réaction de n'importe quel père : faire l'impossible pour la sauver.

— Je suppose… à moins qu'il ne soit comme le mien… Très bien. Tu sais qu'il y aura d'autres gardes à neutraliser, n'est-ce pas ?

— Oui, mais nous aurons notre « otage ». Et Adam et moi avons nos pouvoirs.

Michael jeta un coup d'œil à Adam. Il était difficile de l'imaginer blessant quelqu'un… Et Michael aurait voulu lui épargner ça.

A cette idée déprimante, il sentit son estomac se contracter.

— Ce serait peut-être plus facile si je changeais l'apparence d'Adam et pas la tienne, Cameron, dit-il.

Dans le rôle de l'otage, Adam n'aurait pas à recourir à ses pouvoirs pour frapper ceux qui se dresseraient sur leur passage. Michael pensait mieux s'en sortir si la situation dégénérait et si blesser quelqu'un devenait inévitable… A la vérité, il était tellement en colère contre ces hommes que leur nuire lui ferait plaisir…

Mais c'était *maintenant*. Qui savait ce qu'il ressentirait au moment crucial ?

Il s'assit par terre, en face d'Adam.

— Place-toi entre le garde et nous, Cameron, pour faire écran pendant que je modifie l'apparence d'Adam.

La jeune fille obéit sans poser de question.

— Tu es prêt, Adam ? demanda Michael.

Dès que le jeune homme eut acquiescé, il posa les mains sur son visage et commença à le transformer.

— Tout ce que je fais, c'est jouer avec les molécules de ta peau et de tes os pour qu'ils adoptent la forme du visage de la fillette… Tu peux m'aider. Il te suffit de te concentrer sur les molécules pour les rapprocher ou les éloigner. Tout dépend de ce que tu veux obtenir…

Les changements furent si rapides que Michael

eut du mal à les enregistrer. Les cheveux d'Adam noircirent et s'allongèrent. Ses pommettes se modifièrent.

Nos pouvoirs ne sont pas seulement multipliés par deux quand nous travaillons ensemble ! pensa Michael, excité par cette découverte.

Et c'était vérifiable. Adam et lui achevèrent la transformation en quelques secondes. Seul, Michael aurait eu besoin d'un bon quart d'heure !

Il avait hâte d'essayer ce truc avec Max et Isabel ! S'ils se connectaient et combinaient leurs pouvoirs…

De quoi seraient-ils capables ?

— Pas de doute, tu *es* un monstre, souffla Cameron d'une voix tremblante.

Michael la regarda du coin de l'œil.

— Tu vas t'évanouir ?

— Aucun risque. Je n'ai pas l'intention de passer des années dans ce trou à rats. Allez, il est l'heure d'entrer en piste !

— Adam, quand je te ceinturerai, tu crieras à pleins poumons, d'accord ? demanda Michael.

Il se leva et empoigna son ami à bras-le-corps.

— Hé ! cria Michael, attirant l'attention de leurs geôliers. Si vous voulez que votre fille s'en sorte sans bobo, posez votre arme et votre taser… *Tout de suite !*

Adam laissa échapper un cri qui – Michael l'aurait juré – n'était qu'à moitié feint.

— *Stéphanie !* cria le garde à qui ils s'étaient connectés.

— Nous la tenons ! dit Cameron. Lâchez vos armes et entrez dans la cellule… Ou dites au revoir à votre fille !

Le garde posa immédiatement sa mitraillette, se débarrassa du taser, ouvrit la cellule aux trois jeunes gens et s'empressa d'y entrer.

— Et votre collègue ! cria Michael.

— Fais ce qu'ils demandent, Eaton !

L'homme hésita.

— Je peux la tuer en la touchant, comme vous devez le savoir…

— Bon sang, Eaton, ils vont tuer ma fille !

A contrecœur, Eaton suivit son collègue dans la cage de verre.

— Asseyez-vous sur le lit ! ordonna Michael. Tous les deux !

Quand ils eurent obéi, le jeune homme sortit à reculons de la cellule, tenant toujours Adam/ Stéphanie devant lui. Cameron à ses côtés, il referma la porte à clé.

— Par où ? demanda-t-il.

— Ils m'ont amenée par là…

Cameron se baissa pour ramasser une mitraillette.

— Viens !

Sans hésiter, Michael lui emboîta le pas. Ils longèrent un couloir très éclairé. Puis la jeune fille s'arrêta devant une porte en métal.

— J'espère que tu sais comment l'ouvrir, parce qu'il n'y a pas d'autre issue !

Ignorant les molécules du verrou électronique, Michael préféra se concentrer sur celles de la porte.

Le battant s'écarta avec un gémissement strident de tôle froissée.

Cameron plongea aussitôt par l'ouverture, suivie par Adam et Michael.

Ils se remirent à courir.

Des alarmes retentirent.

— Je n'hésiterai pas à tuer la petite ! cria Michael.

Il ignorait si quelqu'un pouvait entendre sa menace, mais ça valait le coup d'essayer.

Cameron tourna à gauche dans un tunnel au sol métallique.

— Nous ne sommes plus très loin !

Les parois lui renvoyèrent l'écho de ses paroles.

J'ai du mal à le croire, pensa Michael. *Pourtant, ça a l'air de marcher. Les gardes n'osent pas nous tirer dessus de peur de toucher la fille de leur collègue…*

Mais la mascarade ne durerait qu'un temps. Dès que Valenti serait au courant, il expliquerait tout aux gardes et les fuyards seraient sans défense.

— Nous y sommes ! cria Cameron.

Elle frappa du poing la porte métallique.

Michael se concentra… et l'ouvrit.

— Adam, il va falloir que tu coures à toute vitesse. Si nous sommes séparés, va à cet endroit…

Michael établit une connexion instantanée pour lui montrer l'étendue désertique, autour du complexe, la ville de Roswell, la rue où habitaient les Evans, et puis Max et Isabel.

— Attention ! cria Cameron.

Au-dessus de leurs têtes, une grille commença à descendre du plafond. Un coup de feu retentit. Avec un cri de douleur, Cameron lâcha sa mitraillette.

Un garde apparut. Saisissant la jeune fille par le bras, il la força à se relever.

— Fuis, Adam ! cria Michael.

Il voulut se jeter sur le garde.

— Si vous bougez, je la tue ! cria l'homme.

Michael se pétrifia.

Adam ne bougea pas. Pourquoi ?

— *Cours*, Adam ! lança Cameron.

— Ne t'occupe pas de nous ! renchérit Michael.

Adam regarda le ciel nocturne et hésita. Tout était si grand, si sombre et si vide ! Comment survivre dans un tel environnement ?

— *Maintenant !* insista Michael.

Adam prit ses jambes à son cou.

Tête basse, il garda les yeux rivés sur le bout de ses chaussures. Comme *dédoublé*, il avait le sentiment de suivre l'ordre de Michael à son corps défendant…

Chaque foulée l'emportait loin de tout ce qu'il avait connu.

Loin de Michael.

De chez lui.

Son corps se transforma. Ses jambes s'allongèrent, lui permettant d'accélérer encore.

Quelque chose lui barrait la route. Un cactus. Il en avait vu un dans un livre que papa lui avait apporté.

N'appelle plus cet homme « papa *» ! Contourne l'obstacle. N'arrête pas. Et ne lève pas la tête…*

Son cœur battait à un rythme de plus en plus rapide. Ignorant le sang qui lui martelait les tempes, il allongea ses foulées.

Adam gardait les yeux baissés sur ses pieds, s'efforçant de faire le vide dans sa tête. Son univers se réduisait au sol qu'il voyait défiler devant lui.

Une pierre. Saute par-dessus.

Ne lève pas les yeux.

Un buisson. Contourne-le…

Trop tard.

Adam se prit un pied dans une souche et tomba. Il en fut quitte pour une joue égratignée et un peu de sable sur la langue.

Il resta à plat ventre un long moment, le temps que son cœur se calme. Puis il s'assit…

Le ciel nocturne emplissait son champ de vision.

Adam tourna la tête dans toutes les directions. Les étoiles étaient si lointaines !

Il frissonna.

Il faisait froid, s'avisa-t-il. Une sensation assez nouvelle pour lui…

Il s'était déjà lavé les mains ou le visage à l'eau froide. Mais l'atmosphère du complexe était sous contrôle, toujours à la même température.

Adam ramena ses genoux contre sa poitrine et les entoura de ses bras. Ainsi, il eut moins froid.

Mais tout restait trop grand et trop vide… Il ferma les yeux pour ne plus voir le ciel.

Et se tint parfaitement immobile.

CHAPITRE VII

Maria ouvrit le boîtier de la cassette vidéo *Retour sur la Planète des Singes* avant de le jeter sur le lit.

En voyant le film au vidéoclub, elle avait cru que c'était ce qu'il lui fallait. Elle constatait – un peu tard – qu'elle n'avait pas envie de le regarder.

A moins que...

A moins que Michael ne soit allongé près de moi, sur mon couvre-lit à fleurs, et que je puisse me serrer contre lui...

Mais même s'il revenait, il ne franchirait sûrement plus la fenêtre de sa chambre pour passer la soirée avec elle. Terminé les marathons vidéo ! C'était le genre de choses que Michael faisait *avant*, avec son *amie* Maria.

Pas avec celle qui lui avait ouvert son cœur, lui avouant qu'elle l'aimait.

Tu n'en es pas sûre...

Si !

Non.

Si !

Non...

Ces pensées conflictuelles tourbillonnaient à l'intérieur de son crâne.

Soudain, elle entendit un bruit familier qui mit un terme au débat : quelqu'un soulevait la fenêtre de sa chambre...

Michael !

Maria bondit et écarta le rideau.

Alex lui fit un sourire penaud.

— Je crois que j'ai cassé l'espèce de troll, avoua-t-il. Tu sais, celui qui est près de la porte... (Il fronça les sourcils.) Désolé. Tu aimais ce truc ?

— Non, quelle horreur ! C'était hideux.

Maria avait répondu très vite, faisant de son mieux pour qu'il ne s'aperçoive pas qu'elle aurait aimé qu'il soit quelqu'un d'autre. Alex ne devait pas la croire attristée par la disparition de ce maudit troll !

Elle lui prit la main et l'aida à entrer.

— Ma mère le tient d'un type avec qui elle sortait. Avec trois autres petits amis à son palmarès depuis, je doute que le voir cassé la chagrine beaucoup... Tu devrais faire une liste des choses qui n'impressionnent pas une femme. Je peux t'assurer qu'offrir un troll en céramique en fait partie.

— Mais les cadeaux sont très importants, non ?

Alex se débarrassa de ses tennis et sauta sur le lit.

— Ça ne te dérange pas que je sois venu... ?

Maria s'assit à côté de lui.

— Absolument pas.

— Alors, si je n'offre pas le bon cadeau, voire aucun, ce serait...

— Non… ! Je veux dire, ça ne me dérange pas que tu sois venu. Parfois, les cadeaux, c'est sympa… En faire ou en recevoir…

— Un jour, Isabel m'a donné quelque chose. Tu veux voir ce que c'est ?

— Bien sûr !

Maria s'approcha d'Alex. Elle trouvait très cool qu'Isabel lui ait fait un cadeau. Peut-être avait-elle tort au sujet de la jeune fille. Elle n'en pinçait pas pour Michael…

Alex prit son portefeuille et sortit d'un plastique transparent une planche photo qu'il tendit à Maria.

— Elle m'a dit qu'elle pensait à moi sur chaque cliché, expliqua-t-il.

Qui aurait pris Isabel pour une romantique ? se dit Maria en souriant. *Une vraie oie blanche !*

Elle s'était trompée sur le compte d'Isabel. Avoir vu Michael l'enlacer en rêve ne lui avait pas fait perdre tout intérêt pour Alex.

Maria aurait juré que son amie avait commencé à considérer Michael différemment dès l'instant où elles s'étaient promenées dans les rêves du jeune homme.

Avait-elle eu tort ?

Eh ! Une minute…

— Euh… Quand Isabel t'a-t-elle donné ces photos ? demanda Maria.

Mon Dieu, fais que ce soit après qu'elle eut vu Michael l'enlacer en rêve… S'il te plaît…

— Peu après la mort de Nikolas, répondit Alex.

Génial ! C'était avant notre promenade dans les rêves de Michael.

— Aujourd'hui, continua Alex, elle m'a laissé tomber. Je n'arrive pas à comprendre...

Maria leva la tête, alarmée.

— Attends ! Elle t'a *laissé tomber* ? Pourquoi ne m'as-tu rien dit ?

— Je viens de le faire !

Les garçons... Ils ne comprennent jamais rien.

Il était dans sa chambre depuis trois minutes et il parlait seulement maintenant ?

Mais elle devrait sans doute le remercier de l'information. A présent, c'était sûr : Isabel aimait Michael. Sinon, pourquoi aurait-elle rompu avec Alex ?

Maria étudia la planche photo. Isabel était vraiment belle ! Maria et elles étaient toutes les deux blondes, avec des yeux bleus, deux jambes, deux bras et tout le reste. Mais chez Isabel, tout se combinait à la perfection.

Maria ne pouvait pas espérer rivaliser avec elle.

Alex reprit la planche.

— Que s'est-il passé ? demanda la jeune fille.

— Tu as vu comment elle se comportait avec moi pendant la réunion ? Dès que j'ouvrais la bouche, elle me sautait à la gorge. Après, quand vous êtes tous partis... J'ai dit que je savais combien la captivité de Michael la rendait malheureuse... J'ai toujours cru que les filles appréciaient qu'on essaie de comprendre ce qu'elles ressentent !

Il jeta un coup d'œil interrogateur à Maria.

— C'est sûr !

— Isabel n'est pas comme ça. Elle a eu une réaction explosive du genre : « *De quel droit prétends-tu savoir ce que je ressens ?* »

Pauvre Alex.

Il avait l'air perdu. Comme un type qui sort indemne d'un accident de voiture, longe à pied la nationale et délire à propos du pack de lait qu'il était censé acheter avant de rentrer…

Alex ne semblait pas avoir idée de l'endroit où il était ni de ce qui lui était arrivé.

— Une bouffée d'essence de cèdre ? proposa Maria.

Elle tendit une main vers sa collection de flacons d'huiles essentielles. Le seul réconfort qu'elle eût à offrir.

— Son odeur est apaisante. Je suis sûre que ça te fera du bien…

— Donne-moi une bassine pleine de cette essence, que je puisse y plonger la tête et me noyer !

Je sais ce que tu ressens, pensa Maria.

— Je voulais faire du pop-corn au micro-ondes, dit Max, mais… euh… je n'arrive pas à me rappeler le minutage. Faut-il mettre le four à pleine ou à moyenne puissance ?

Isabel secoua la tête.

— Contente-toi d'appuyer sur le bouton « pop-corn ». Et maintenant, réponds à une question.

Max s'appuya au montant de la porte.

— Que veux-tu *vraiment* ?

Max rougit.

Oh, trop gentil, petit frère…

Comment survivrait-il dans le « grand méchant monde » s'il était incapable de mentir – même pour prétendre qu'il ignorait faire du pop-corn au micro-ondes ?

— J'ai entendu des cris avant… euh… qu'Alex parte.

Subtil…

— Allez, viens ! Allons faire du pop-corn.

Isabel se leva et se faufila entre Max et la porte.

— Je me suis conduite comme une très vilaine fille… Pour parler poliment.

Max ne dit rien.

— Là, tu es censé m'assurer que c'est impossible ! ajouta Isabel, jetant un coup d'œil par-dessus son épaule.

— Il est impossible que tu te sois conduite comme…, commença Max en grand frère obéissant.

— Oublie ça !

Isabel entra dans la cuisine et il la suivit.

— Nous savons que c'est un mensonge. Demande à n'importe qui au lycée de me définir en un mot, tu sais aussi bien que moi ce qu'on te répondra.

— Tu as tort, dit Max. Ce terme serait peut-être dans le top dix, mais il n'arriverait pas en tête.

Isabel prit un sachet de pop-corn dans un placard, le fourra dans le micro-ondes et appuya sur le bouton approprié.

Regarder le paquet opaque gonfler n'était pas le

spectacle le plus passionnant au monde. Mais ça restait plus facile que de faire face à Max pour lui avouer sa conduite. Admettre ses fautes n'était pas le style de la jeune fille.

Confesser à son frère qu'elle avait traité un type adorable comme un chien était très difficile.

— Tu as sans doute raison… Ce n'est peut-être pas l'expression que la plupart des gens mettraient en tête de leur liste. Mais Alex, je t'assure que oui.

Isabel se pencha vers la vitre.

La lumière du micro-ondes doit être trop vive.

Sinon, pourquoi ses yeux brûlaient-ils soudain ?

Si ça t'amuse de le croire ! Tu ne peux pas avoir envie de pleurer à cause d'Alex, pas vrai ? Après tout, c'est toi *qui l'as flanqué dehors…*

— Alex sait que tu es très inquiète pour Michael, dit Max.

Elle l'entendit tirer une chaise et s'asseoir.

— Si tu l'appelles pour t'excuser, il te pardonnera.

— Même si j'ai rompu ?

— Tu as *rompu* avec Alex ?

Dans le paquet, les grains de maïs explosèrent.

— Oui. Et je n'ai pas pris de gants… si tu vois ce que je veux dire.

— Pourquoi ? (Max n'attendit pas sa réponse.) Tu sais quoi, c'est sans importance ! Tu veux renouer ? Alors, appelle-le !

Isabel attendit les dernières explosions, puis sortit le sachet et l'ouvrit. La vapeur lui brûla le bout des doigts. Elle prit un saladier au-dessus du frigo pour y verser le pop-corn.

— Le problème, c'est que je n'en suis pas vraiment sûre... De vouloir renouer, je veux dire.

Elle se tourna vers son frère, posa le saladier sur la table et prit une poignée de pop-corn qu'elle fourra dans sa bouche. Un grain lui brûla la langue ; des larmes lui montèrent aux yeux.

— Oh...

Max prit aussi une poignée de pop-corn.

Ils mastiquèrent avec application.

Isabel savait quelle serait la prochaine question : pourquoi ne voulait-elle pas renouer ?

Bien vu ! Alex était intelligent, drôle et très mignon. Il ne faisait pas partie de la « crème de la crème » du lycée. Mais quand même... Il l'avait aidée à traverser des moments difficiles. Et ça comptait beaucoup.

Mais depuis quelque temps, elle pensait à un autre.

Comment avouer à son frère qu'elle s'était introduite dans les rêves de Michael et vue dans ses bras ? Comment lui faire comprendre qu'à partir de cet instant, tout avait changé ?

Confesser la vérité toute nue à Max ? Pas question ! Admettre que depuis quelques jours, à chaque baiser d'Alex, elle imaginait Michael à sa place ? D'accord, Max et elle étaient très proches... Mais il était quand même son frère. Et une jeune fille ne parlait pas de ça avec son frère ! D'autant plus que

Michael, le meilleur ami de Max, était pratiquement un membre de la famille !

Imaginer son meilleur ami et sa sœur dans les bras l'un de l'autre serait terrible pour Max. Elle en était certaine.

— As-tu entendu ça ? lança soudain Max.

Il bondit sur ses pieds et regarda par la fenêtre de la cuisine.

— Il y a quelqu'un dehors…

— Je n'ai pas entendu de voiture arriver… Ça ne peut pas être nos parents.

Michael ?

Elle courut à la porte d'entrée et se précipita dehors, Max sur les talons.

Isabel vit aussitôt le corps allongé sur la pelouse.

— Michael !

Elle tomba à genoux.

Mais ce n'était pas Michael.

Un inconnu… De grands yeux verts tristes, une respiration laborieuse, une pâleur alarmante…

Max s'accroupit près de sa sœur, tendit une main et secoua doucement le garçon.

— Ça va ? Que fais-tu… ?

Isabel releva vivement la tête. Max n'avait pas achevé sa phrase…

Elle le vit écarquiller les yeux.

— Qu'y a-t-il, Max ?

Il ne répondit pas.

— Max !

Effrayée, elle tira sur le bras de son frère, rompant le contact qu'il avait établi avec l'inconnu.

— Tu ne voudras pas me croire..., dit Max. Ce type vient de la même planète que nous ! Je me suis connecté à lui à la seconde où je l'ai touché. Et j'ai vu une capsule d'incubation semblable à la nôtre ! Ou à celle de Michael... J'ai également vu Valenti. Puis une cellule vitrée. Je crois... qu'il vient du complexe.

Isabel en eut la chair de poule. Le duvet de sa nuque et de ses bras se hérissa.

— Comment a-t-il pu survivre ?

Le garçon avait affronté ses angoisses les plus profondes : être prisonnière, à la merci du shérif.

— C'est trop grand..., gémit-il.

— Emmenons-le à l'intérieur, dit Max.

Il glissa un bras sous les épaules du garçon et le releva. Isabel le prit par la taille et le sentit trembler.

— Tu es avec nous, maintenant ! souffla-t-elle. Personne ne te fera du mal.

CHAPITRE VIII

Max guida Adam à l'intérieur du *Flying Pepperoni*. Il avait demandé à Liz, Isabel, Maria et Alex de les y rejoindre à leur table habituelle.

Au fond de la salle, il y avait peu de clients, mais Max s'inquiétait quand même pour Adam. Le jeune homme arborait de nouveau son air : « *Je peux péter les plombs et devenir dingue à tout moment.* »

Non que Max l'en blâmât.

Adam s'était échappé du complexe secret du Projet Table Rase depuis vingt-quatre heures. Et il avait déjà fait plus de choses inhabituelles qu'une personne normale en une année.

Un objet aussi banal qu'un grille-pain était une source d'émerveillement pour lui. Il en avait vu en photo, mais il n'avait jamais eu l'occasion d'en utiliser. Et il adorait le *plop* de l'appareil chaque fois que les toasts surgissaient, croustillants à point.

Nous avons mangé un pain de mie entier à nous deux !

Max en aurait avalé encore plus, rien que pour continuer de voir la joie enfantine d'Adam.

— Attendons les autres, dit-il à son compagnon.

Il se glissa sur la banquette rembourrée du box. Adam s'installa sur le siège d'en face.

— Comment te sens-tu ? Si tu as des questions, j'essaierai d'y répondre…

— Merci, mais je ne vois rien pour l'instant…

Adam ferma les yeux, s'adossant au mur.

Pas de doute, il est à un cheveu de la zone de panique…, pensa Max. *Les amis, il serait temps d'arriver. J'ai besoin de vous…*

En réponse à ses prières, il vit Liz entrer.

— Euh… Adam ? (Max attendit que son compagnon rouvre les yeux.) Je te présente Liz. Je t'ai parlé d'elle, tu te souviens ?

— Salut ! lâcha Adam.

La jeune fille s'assit à côté de Max. Adam la regarda, puis referma les yeux.

Liz jeta un regard inquiet à son ami, qui haussa les épaules. Elle ouvrit son sac, et sortit les lunettes de soleil qu'elle portait avec son uniforme de serveuse – un costume veste et pantalon, imitant celui des acteurs de *Men in Black*.

Liz se pencha et mit les lunettes à Adam, qui eut un mouvement de recul.

— Essaie d'ouvrir les yeux, maintenant. Tout devrait te sembler moins… intense.

Adam balaya la salle du regard. Max sentit sa tension se dissiper. Liz avait eu une bonne idée.

— Adam ! cria Isabel en entrant.

Elle se hâta de les rejoindre et s'assit près du garçon.

— J'ai pensé à toi toute la journée. Ça s'est bien passé ? Qu'avez-vous fait, Max et toi ?

Max s'avisa d'un détail qui le surprit beaucoup : sa sœur n'employait pas avec Adam son ton habituel, style : « *Je suis la princesse Isabel et tout le monde doit m'aduler* ». Elle lui manifestait tant de tendresse que c'en était surprenant.

— Nous avons fait du pain grillé, répondit Adam. Et Max m'a appris le poker.

— Génial ! Des toasts et du poker, quel programme ! Je savais que j'aurais dû rester avec Adam...

Isabel jeta un regard ironique à son frère.

— Tu as recommandé à Adam de ne pas utiliser ses pouvoirs ? demanda-t-elle.

— Oui.

Au souvenir de leur conversation, l'estomac de Max se contracta.

— Adam... a du mal à admettre qu'il vient d'une autre planète. Il n'arrive pas à comprendre pourquoi les gens d'ici n'ont pas les mêmes pouvoirs que lui.

— Que sait-il, alors ?

Max répéta à sa sœur ce qu'il avait dit à Adam.

Michael, Isabel, Adam et lui venaient d'un autre monde et ils étaient probablement les seuls de leur espèce sur Terre. Adam ne devrait jamais utiliser ses pouvoirs ni en parler à quiconque. Ensuite, Max lui avait fait découvrir de nombreuses petites choses – comme le pain grillé et le poker – dont il avait seulement entendu parler.

Max ne lui avait pas révélé ce qui se passerait s'il

avouait aux humains la vérité sur ses origines. La plupart auraient peur de lui. Certains le haïraient parce qu'il était différent. Et ils essaieraient de le tuer.

Le jeune homme avait conscience de devoir expliquer tout ça. Mais pas maintenant. Adam avait trop de nouveautés à assimiler.

— Voilà Maria et Alex ! annonça Liz.

Elle se rapprocha de Max, histoire de faire de la place à ses amis.

Il mit un bras autour de ses épaules.

C'était extraordinaire. Jamais il n'aurait cru possible d'avoir ce genre de relation avec une humaine. Il avait toujours pensé qu'aucune ne continuerait de l'aimer après avoir appris la vérité à son sujet.

Il faudra aussi que je parle à Adam de ma relation avec Liz, pensa-t-il. *Ainsi, il saura que notre différence n'empêche pas obligatoirement de mener une vie à peu près normale*.

Maria voulut s'installer à côté de Liz ; Alex l'attrapa par un bras.

— Assieds-toi là, dit-il, montrant la place restée libre près d'Isabel.

Dans un silence gêné, Maria regarda Alex, étonnée.

Voilà le genre de bizarreries qui arrivent sans arrêt quand un couple qui se sépare garde son cercle d'amis, pensa Max.

Alex et Maria s'assirent.

— Adam, je te présente Maria, dit Max. Et voilà

Alex. Tu peux nous poser toutes les questions qui te passent par la tête. Tu peux…

— Avoir confiance en nous, acheva Alex.

— Ça résume bien la situation, renchérit Maria. Tu peux avoir confiance en nous.

Adam ne dit rien.

Il doit être en « surcharge » d'informations.

— Décidons de ce que nous allons faire de lui, continua Max. Où vivra-t-il ? Que fera-t-il pour… ?

Max se tut, conscient qu'il parlait d'Adam comme s'il était absent. En dépit de son comportement de gamin, ce n'était pas un enfant !

— Désolé… N'imagine pas que nous allons tout décider à ta place sans te consulter. Mais ce monde est nouveau pour toi…

— … Alors que nous y avons vécu toute notre vie, enchaîna Maria. Nous savons de quoi tu as besoin… Croyez-vous que nous pourrions le présenter comme un étudiant venu dans le cadre d'un programme d'échange ? Il pourrait vivre avec nous sans que sa présence soulève trop de questions.

Elle se tourna vers Adam.

— Un échange, c'est quand deux jeunes gens, eh bien, échangent leur place, justement. Ils sont généralement accueillis dans une famille.

— Ah, oui, comme à la télé.

— Il n'y a pas de télévision au complexe, précisa Max. Je lui ai appris à zapper.

— Quel mentor tu fais ! ironisa Isabel.

— Pour en revenir à cette histoire d'échange

d'étudiants, continua Max, je doute que ça marche. D'où pourrait-il venir ?

— D'un autre monde ? lança Alex.

Isabel lui jeta un regard incendiaire.

— Je rigolais ! Tu sais encore ce qu'est une blague, pas vrai, Isabel ?

— Nous pourrions l'emmener dans la grotte, continua Max.

— Non ! cria Isabel. Pas question ! Je ne veux pas le savoir loin de nous.

— Nous avons une cabane parfaitement aménagée au fond du jardin, dit Liz. Il y a l'électricité et tout ce qu'il faut. Mon père, qui s'est mis en tête de faire de la menuiserie, a acheté des tas d'outils pour travailler le bois.

— Qu'en penses-tu, Adam ? demanda Max. Aimerais-tu vivre dans la cabane de Liz ? Mais tu devras rester caché dès que ses parents seront à la maison…

Adam croisa le regard de Liz.

— Tu ne seras pas loin ?

— Je serai assez près pour te rejoindre en quelques secondes…

— Ça me semble parfait, conclut Adam.

Un sourire hésitant flotta sur ses lèvres.

Max aussi avait tendance à sourire bêtement quand il regardait Liz.

Il essaya d'imaginer… Avoir passé seize ans de son existence sans voir une fille en chair et en os… puis en être soudain entouré… Ça devait être effrayant. *Et* excitant.

Adam a de la chance. Liz, Maria et Isabel sont des filles bien. Elles n'essaieront pas de profiter de la situation.

— J'ai l'estomac dans les talons ! annonça Alex. N'y a-t-il personne pour servir les clients, dans ce restaurant ? Faut-il choisir une pizza et aller en cuisine la composer soi-même… ?

— Lucinda Baker travaille ici et elle est de service aujourd'hui, répondit Isabel. Allez, les garçons, l'un de vous va se dévouer et enlever sa chemise. C'est pour la bonne cause. Je vous garantis que ça la fera rappliquer à toute vitesse !

Adam commença à tirer sur son sweat-shirt.

— Non ! cria Isabel. C'était une plaisanterie !

Tous éclatèrent de rire.

— Lucinda ! appela Isabel. Si tu veux avoir quelque chose qui ressemble à un pourboire, viens donc prendre notre commande !

Elle n'eut pas besoin de se répéter.

Lucinda apparut aussitôt.

— Que prenez-vous ? demanda Alex. Commençons par Adam. Quelle est ta pizza préférée ?

— Je l'ignore, répondit le garçon, mal à l'aise.

— On ne lui a jamais laissé choisir sa nourriture, dit Max à Alex.

Ces mots avaient à peine franchi ses lèvres qu'il les regretta. Comment pouvait-il parler ainsi devant Lucinda ?

— Il sort d'un pensionnat hyper-strict, expliqua Liz.

Elle vient encore de me sauver la vie…

— Oooh ! roucoula Lucinda. Tu as dû être un vilain petit garçon. Moi, j'adore les mauvais garçons…

Oh, non…

Au contraire de Liz, de Maria et d'Isabel, Lucinda n'était *pas* une fille bien. Sur le Net, elle tenait une page où elle décrivait les baisers des lycéens qu'elle avait piégés…

Avec une expérience comme la sienne, elle devait placer la barre très haut.

En d'autres termes, elle ne ferait qu'une bouchée du pauvre Adam.

Avant que Max ait pu le sauver des griffes de Lucinda, elle tendit la main et lui caressa une joue. Ses ongles rouge sang paraissaient d'autant plus déplacés sur la peau très pâle du jeune homme.

Oh, Dieu…

A l'expression extatique d'Adam, Max comprit qu'il avait établi une connexion avec Lucinda.

Il va falloir que je lui fasse perdre cette mauvaise habitude…

— J'aime beaucoup tes sous-vêtements, Lucinda, dit Adam. Tu sais, les marron avec des petits motifs blancs. Ils me font penser à des tartelettes…

Max se cacha le visage derrière les mains.

Isabel éclata de rire.

— Hé ! Comment sais-tu, pour mes sous-vêtements ?

Max, c'est le moment ou jamais d'utiliser ton imagination… Si tu ne trouves pas très vite une parade, ça pourrait mal tourner. Et tu ne voudrais pas qu'Adam finisse ses jours dans un cirque ?

— Lucinda ! fit Isabel, tu as montré tes sous-vêtements à la moitié des garçons du lycée. Je ne vois pas pourquoi tu t'étonnes. Les mâles adorent se vanter, je ne t'apprends rien !

— Et tu sais quoi, Lucinda ? ajouta Max, je crois que nous allons emporter notre commande.

CHAPITRE IX

— Veux-tu jouer au jeu de la vérité ? demanda Cameron.

Elle s'adossa à la paroi de verre de la cellule de Michael.

— Me prendrais-tu pour un lycéen idiot ? répondit-il.

Pourtant, il en apprendrait long sur elle grâce à ce truc stupide…

— Fais un effort ! supplia Cameron. Je m'ennuie à mourir !

— D'accord, puisque tu insistes… Quelle est la chose la plus embarrassante que tu aies faite ? La vérité ou un gage !

— Tu es censé me demander si je suis toujours vierge. C'est toujours la première question.

— Eh bien, l'es-tu toujours ?

Oui, ça va être intéressant…

— Trop tard ! La chose la plus embarrassante que j'ai faite… Laisse-moi réfléchir…

— Y en a-t-il tant, pour que tu ne saches pas laquelle choisir ?

Michael s'allongea sur le sol et fit quelques pompes.

— Je devais avoir douze ans… J'ignore ce que les autres mijotaient, mais nous avons fini la boum par un jeu stupide : tirer au sort le nom d'un garçon puis le regarder dans les yeux une minute.

Cameron prit une profonde inspiration avant de passer au fin mot de l'histoire.

— Le sort m'a attribué Sean Wentworth comme partenaire. J'étais folle de lui… Nous avons commencé à nous regarder et je ne sais pas ce qui s'est passé… La nervosité m'a fait vomir sur lui.

Michael éclata de rire.

— Ce n'était pas drôle ! s'indigna Cameron. Je m'étais empiffrée toute la soirée. Il y avait des morceaux de pizza à moitié digérés, des bouts d'ailes de poulet grillées et des tas d'autres trucs… Ça n'avait rien d'un de ces gentils vomis liquides !

Michael rit encore plus fort. Il se serait presque cru en compagnie de Maria. C'était le genre de souvenirs dérangeants qu'elle pouvait partager avec ses amis car elle n'avait pas peur du ridicule.

Isabel ne raconterait jamais une chose pareille. Même si elle devait avoir vécu des moments très embarrassants – c'était le lot de tout le monde –, elle préférait les passer sous silence. Et il la voyait mal « s'abaisser » à donner des détails du genre « *morceaux de pizza à moitié digérés* ».

— Arrête de rire, c'est mon tour.

Michael se ressaisit.

— Je t'écoute.

— Très bien. Es-tu puceau ? demanda Cameron. La vérité ou un gage.

— Un gage, répondit-il sans hésiter.

— Tu sais que ton refus de répondre *est* une réponse. N'importe quel garçon qui n'est plus vierge s'empresserait de s'en vanter.

Michael s'empourpra.

Si je suis en train de rougir, comme je le crains, je sais maintenant quel aura été le moment le plus embarrassant de ma vie…

— Je suis un de ces types bien qui respectent assez les filles pour ne pas se vanter. Ce n'est pas mon style.

— Oooh ! Je parie que tu aurais plein d'histoires croustillantes à raconter sur tes rendez-vous torrides, sur toutes les filles qui sont folles de toi et sur tes aventures de troisième mi-temps. Pas vrai, cowboy ?

— A moi ! fit Michael, refusant de mordre à l'hameçon. Quelle est la pire chose que tu aies jamais faite ? La vérité ou un gage.

Cameron sursauta.

Tu es fortiche pour casser l'ambiance, Guerin !

Michael passa une main dans ses cheveux en bataille.

— Je prends le gage, dit la jeune fille.

Ce n'était pas le moment de lui demander de montrer son tatouage.

— Très bien. Regarde-moi dans les yeux pendant une minute… et sans vomir.

— Tu aimes vivre dangereusement ?

Michael fut heureux que ses efforts soient récompensés. Cameron se détendait déjà.

Il se leva et vint s'asseoir en face d'elle, leurs genoux se touchant presque.

Leurs regards se croisèrent.

Michael avait toujours cru qu'il était attiré par les yeux bleus – comme ceux de Maria et d'Isabel. Mais les prunelles marron de Cameron étaient stupéfiantes !

Intrigué, il se pencha sur la jeune fille jusqu'à sentir son souffle.

Ses yeux n'étaient pas simplement marron : des anneaux irréguliers, couleur chocolat foncé, entouraient ses pupilles. Les iris, d'un beau caramel doré qui tirait sur le brun, étaient soulignés par des cercles sombres.

— Ça ne fait pas une minute ? demanda Cameron.

Michael l'ignorait. Même s'ils avaient dépassé la minute « réglementaire », il n'avait aucune envie de bouger. Il se pencha encore. La distance qui les séparait fondit.

Cameron eut un mouvement de recul.

— Je suis sûre que ça fait au moins une minute. A moi. As-tu déjà regretté d'être un extraterrestre ? La vérité ou un gage.

Michael la regarda, stupéfait. Il n'en croyait pas ses oreilles. Comment osait-elle aborder ce sujet « tabou » ?

— Je sais… Nous avions convenu de ne pas parler de nos bizarreries. J'ignore pourquoi je t'ai posé cette question. En voilà une autre, si tu veux bien…

— Non, trop tard.

Michael n'avait jamais beaucoup parlé de ça avec des humains. Maria, Liz et Alex ne paniqueraient pas ni le regarderaient différemment s'il le faisait… Mais il n'en avait jamais ressenti le besoin.

Pourquoi refuser de répondre à la question de Cameron ? Ils étaient tous deux des monstres. Pourquoi ne serait-il pas capable de tout lui dire ?

Adam ferma la télévision.

Tout ça, c'était bidon. Il détestait ! Sa vie pathétique avait été un tissu de mensonges. Lui avoir fait croire que le soleil n'existait que dans les livres de contes… Lui avoir fait prendre Valenti pour son père…

Il consulta la montre qu'Alex lui avait donnée.

Encore une heure avant la fin des cours.

Une heure avant qu'il soit autorisé à retourner dans le monde réel.

Autorisé !

Max, Isabel, Liz, Maria et Alex n'étaient pas armés de mitraillettes, mais ils ne s'en prenaient pas moins pour ses gardiens.

Ne sors pas sans l'un de nous, Adam…

Ne parle pas aux étrangers, Adam…

On lui avait donné une télévision, un lecteur de CD et de vrais livres – pas les trucs pour gosses de Valenti. Mais était-il censé adorer tous ces vecteurs de… mensonges ? Devait-il se réjouir de vivoter dans une cabane, coupé de tout ce qui présentait un réel intérêt ?

Il voulait connaître le monde.

Voir une fille – aussi jolie que Liz – tourner sur elle-même, la tête inclinée en arrière, les bras en croix, ses longs cheveux tourbillonnant autour d'elle…

Marcher pieds nus dans l'herbe.

Caresser le visage de la fille du bout des doigts…

Plus il y pensait, plus son agitation augmentait. Pourquoi attendre ? Il bondit vers la porte…

La main sur la poignée, il hésita. Pouvait-il vraiment sortir comme ça, parce qu'il l'avait décidé ?

Une pensée choquante. Révolutionnaire. Et miraculeuse !

Adam ouvrit la porte et se retrouva devant un ciel ensoleillé où passaient quelques nuages blancs et cotonneux.

Pris de vertiges, il tituba.

Il songea à chausser ses lunettes pour filtrer la lumière et les couleurs. Mais tout ça était réel. Il voulait voir les choses telles qu'elles étaient !

Il traversa le jardin, ouvrit le portail et sortit dans l'allée. Puis il prit à gauche. Il croyait se souvenir que c'était la direction du centre-ville.

En chemin, ses sens furent bombardés par une multitude de sensations nouvelles. Sa connaissance du monde réel augmentait à toute vitesse.

Il avait admiré des photographies de ginkgos, mais il découvrait maintenant l'odeur âcre de leurs fruits jaunes et charnus. Il toucha leurs feuilles, sentant les veinules sous ses doigts. Quant aux voitures, il n'en avait vu qu'à la télévision. Il fit l'expérience du déplacement d'air qu'elles produisaient en roulant et détesta la puanteur de leurs gaz d'échappement.

Il lui semblait sentir son cerveau grandir avec chaque nouvelle information. Très vite, il eut le sentiment de devenir de plus en plus *réel* à mesure que sa connaissance du monde augmentait.

Tournant dans North Main Street, le jeune homme découvrit une rangée de fast-foods. Il les connaissait de nom, grâce aux publicités de la télévision. Il pouvait manger ce qu'il voulait, quand il le voulait.

Enfin, si j'avais de l'argent…

Adam s'arrêta au coin de la rue, intrigué par les cliquetis qui signalaient le changement de couleur des feux. Encore une chose qu'il ne connaissait pas *avant*.

Il attendit que le petit bonhomme passe au vert, puis s'engagea sur le passage piétons.

Sans savoir pourquoi, il eut envie de rire. Il arpentait *vraiment* les rues d'une ville, loin de cet affreux complexe de béton ! Bon sang, il avait encore du mal à le croire ! Avait-il envie de faire du lèche-vitrines, de regarder les passants ou les voitures ? Pour être honnête, il voulait tout voir ! Et pourquoi pas ? Il tourna la tête en tous sens, soucieux de ne rien manquer.

A la porte d'un magasin, une pancarte affichait :

« *Extraterrestre vivant à l'intérieur* ». Cela retint aussitôt son attention…

Qu'est-ce que ça veut dire ?

Max avait été très clair : Adam ne devait jamais dire à personne qu'il venait d'une autre planète. C'était pour ça que Valenti l'avait gardé prisonnier dans le complexe depuis sa venue au monde.

Après une seconde d'hésitation, il entra dans la boutique et vit une femme, derrière le comptoir.

Une extraterrestre ?

Comment en être sûr ? Avait-il le droit de lui poser la question ?

— Puis-je vous aider ? demanda-t-elle.

Adam approcha lentement.

— Euh, j'ai vu la pancarte que vous avez accrochée à la porte…

Elle sourit.

— Et vous voulez voir l'extraterrestre, c'est ça ? Je reviens tout de suite.

La femme alla dans l'arrière-boutique. Une minute plus tard, elle réapparut avec un singe-araignée. Enfin, la créature ressemblait aux singes-araignées qu'il avait vus en photo dans les livres de Valenti.

— Il s'appelle Scooter…

— C'est un vrai extraterrestre ?

— Non, juste une plaisanterie ! Vous savez, pour que les gens poussent la porte. Tout le monde sait que les extraterrestres ressemblent à ça.

Elle tapota une tête en plastique vert, près de la caisse enregistreuse.

Squelettique, la créature avait l'air malfaisant. Ses yeux en amande étaient immenses et n'avaient pas de blanc.

— Une de mes amies a été enlevée par des extraterrestres, continua la femme, alors je dois cacher ce truc dans l'arrière-boutique chaque fois qu'elle entre. Les créatures qui l'ont emmenée dans leur soucoupe ressemblaient à ça.

Elle passa la main sous le comptoir et sortit un fusil.

— Mais s'ils viennent pour moi, je saurai comment les accueillir !

Adam recula et sortit en courant.

Une fois dehors, il s'éloigna vivement. La réalité n'était pas toujours ce qu'il avait espéré.

Etait-ce comme ça que les humains voyaient les extraterrestres ? Des créatures horribles venues les kidnapper ? Des monstres sur lesquels ils devaient tirer à vue ? Fallait-il qu'il croie cette femme ? Les extraterrestres étaient-ils tels que les humains les décrivaient ?

Les questions tourbillonnaient dans son cerveau, telles des bulles de soda remontant à la surface.

Adam regarda sa montre puis vit le restaurant où travaillait Liz.

Elle doit être de service.

Il marcha de plus en plus vite jusqu'à se mettre à courir. Il se sentirait mieux dès qu'il verrait Liz. Elle lui dirait sûrement ce que ressentaient *vraiment* les humains vis-à-vis de ses semblables.

Mais ce n'était pas l'unique raison qui le poussait

à vouloir voir la jeune fille. Liz était spéciale. Il ne savait pas expliquer ce qu'il ressentait.

Avec elle, il se sentait cent pour cent *réel.*

— As-tu vu Adam ? demanda Max.

— Il n'est pas dans la cabane ? s'écria Liz.

Elle lâcha son éponge, oubliant de nettoyer le comptoir du *Crashdown.*

— Te poserais-je cette question si… ?

Max ne finit pas sa phrase. Ce n'était pas la faute de Liz, alors inutile de s'en prendre à elle.

— Non, dit-il sur un ton plus serein, j'en viens. Y était-il avant que tu partes à l'école ? Quand l'as-tu vu pour la dernière fois ?

— Quand je lui ai apporté son petit déjeuner, ce matin. Je lui ai dit que tu viendrais le voir dès que tu pourrais.

Mais comment avait-il pu laisser Adam seul ? Le garçon était sorti du complexe depuis deux jours ! Trois, si on comptait la première nuit…

Deux ou trois, quelle différence ?

Il était comme un enfant en bas âge. Max n'en aurait jamais laissé un seul… Et surtout pas toute une journée !

— Max, quel que soit le cours de tes pensées, arrête tout de suite ! dit Liz. Tu ne peux pas te sentir responsable de tout et de tout le monde. Ce n'est pas sain. Et ça n'a pas de sens.

Quelquefois, il haïssait sa faculté de lire en lui.

Maria arriva en courant.

— Qu'y a-t-il ? A l'autre bout de la salle, j'ai vu

les têtes que vous tirez ! L'un de vous a intérêt à parler. Et tout de suite !

— Adam n'est plus dans la cabane, répondit Liz. Maria, un type, à la table quatre, agite sa tasse de café vide.

— Fais comme si tu ne le voyais pas ! Il a déjà absorbé une dose de caféine suffisante pour ne plus dormir de la semaine. Alors, qu'allons-nous faire au sujet d'Adam ?

— Comment était-il, Liz ? demanda Max. Tu as passé plus de temps avec lui que nous. Crois-tu qu'il a décidé de partir ?

— Non. Il était tout excité à chaque découverte. Comme un petit garçon. Hier matin, il a cueilli des gardénias et m'a demandé ce que c'était. Des fleurs, lui ai-je expliqué : des organismes vivants. Privées d'eau, elles meurent. Le pauvre en a été bouleversé. Une réaction tellement inattendue… et adorable.

Liz sourit.

— Tu penses qu'il a voulu partir à l'aventure ? demanda Maria.

— Oui, c'est ce que je crois. Il s'est produit une chose étrange. Il m'a demandé s'il pouvait me caresser le visage, parce qu'il n'avait jamais touché une fille…

— Et tu l'as laissé faire ? s'inquiéta Max.

— Oui. Sa requête n'avait rien d'effrayant. Au contraire, elle était innocente. Après, je lui ai dit qu'il devait éviter de toucher les gens. Il a fait une drôle de tête – du genre chien battu – comme si je l'avais grondé. Croyez-vous que j'ai heurté ses sentiments ?

— Non, répondit Maria.

— Je n'en suis pas si sûre. Il n'a pas l'habitude de…

— Eh bien, tu lui poseras la question de vive voix, parce qu'il vient d'entrer ! lança son amie. La mauvaise nouvelle, c'est qu'il n'est pas seul. Elsevan DuPris l'accompagne.

— Génial…, marmonna Max. Oui, parfait… ! DuPris aura un article tout trouvé pour sa maudite feuille de chou. Je vois déjà le titre : « *J'ai déjeuné avec un extraterrestre !* »

— Non, c'est trop banal, dit Maria. Le *Projecteur Astral* préfère les trucs comme : « *Un extraterrestre m'a mangé la cervelle au déjeuner !* »

Elle fit la grimace.

— Désolée, Max. Je crois que c'est la nervosité.

— Je vais voir, dit Liz. Comme ça, nous saurons si leur conversation a de quoi nous inquiéter.

— Et quelle excuse donneras-tu ? demanda Maria.

— J'avais pensé me déguiser en serveuse, répondit son amie, pince-sans-rire.

— Désolée. Je ne sais pas ce qui m'arrive. Je suis vraiment trop nerveuse…

Max regarda Liz traverser la salle et constata qu'Adam avait les yeux rivés sur elle…

— C'est juste un béguin, dit Maria. Tu sais, comme celui que tu avais pour Raina quand tu étais en troisième.

Max regarda Liz sourire à DuPris. Aussitôt, le charme opéra et le journaliste se lança dans un discours. Adam ne quittait pas Liz des yeux.

Pour l'instant, tout ça est sans importance, se rappela Max. *Tu parleras à Adam de ta relation avec Liz plus tard.*

Mais il ne put s'empêcher de rejeter un coup d'œil à son « rival ».

Quand Liz revint vers eux, il fut presque honteux de se sentir aussi soulagé.

— Pas d'inquiétude à avoir, dit-elle. Il n'est pas question d'extraterrestres.

« DuPris est dans un de ses trips sudistes. Il raconte à Adam qu'il buvait des mint-juleps avec son grand-père et des tas d'autres choses de la même veine.

— Nous devrions quand même arracher Adam à ses griffes, dit Max. Valenti pourrait passer par là en voiture ou décider d'entrer ici…

Liz sortit un carnet de commandes de la poche de son uniforme.

— Très bien. Tout ce qu'il me faut, c'est une commande de spaghettis avec un supplément de sauce…

— D'accord, soupira Maria. Mais pour quoi faire ?

— Je suis sûre que tu as deviné. Tu sais que je suis très maladroite, non ?

— Ah, le vieux truc de l'assiette de spaghettis renversée sur les genoux… Une tactique extrême mais efficace. Ça faisait longtemps que tu ne l'avais plus employée.

— Tu as déjà fait ce genre de choses ? s'étonna Max.

— Seulement quand des types un peu trop « amicaux » essaient de me glisser un pourboire dans la poche… en passant par l'intérieur.

Elle prit une carafe d'eau et repartit.

En passant par l'intérieur ?

Est-ce que ça voulait dire… ?

— Tiens, renifle ça, dit Maria en lui fourrant dans la main un de ses flacons d'huile essentielle. C'est parfait contre la jalousie.

Max fit rouler le flacon entre ses doigts sans quitter des yeux Adam, qui semblait incapable de regarder quelqu'un d'autre que Liz.

— Je ne suis pas sûr que ça suffise, Maria…

— Nous devrions profiter du trajet pour passer en revue les… euh…, commença Liz. (Elle se mordilla les lèvres, cherchant ses mots.) Non, on ne peut pas appeler ça des règles… disons… les comportements à avoir en société.

Isabel jeta un coup d'œil à Adam. Il ne semblait pas s'offenser des paroles de la jeune fille. Mais avait-il compris ? Il n'était pas stupide, loin de là. Le problème, c'était son manque d'expérience.

— Oui, Adam, renchérit Max. Te rappelles-tu ce que j'ai dit au sujet de tes pouvoirs ? Tu ne dois pas te connecter aux gens. Sous aucun prétexte. Tu peux le faire avec nous dans certains cas, mais pas avec des étrangers. Les humains n'aiment pas qu'on apprenne des choses sur eux de cette manière.

— A mon tour, intervint Maria. Peu importe ce qui te passe par la tête, n'oublie pas de baisser la lunette et le couvercle des toilettes après usage. Sinon, les gens finiront par avoir des soupçons.

— Ne lui embrouille pas l'esprit avec des bêtises ! cria Isabel.

— Mais ce n'était pas mon intention, protesta Maria. J'essaie de l'aider à comprendre ce qu'est un comportement masculin normal.

— Et quoi d'autre ? demanda Adam. Il faut que j'apprenne tout.

Isabel sourit.

Depuis son arrivée, Adam était devenu plus loquace.

Il doit commencer à se sentir bien en notre compagnie.

— J'avoue que Maria a raison. La plupart des garçons – et des hommes – laissent la lunette et le couvercle levés. Mais si tu veux être capable… comment dire… d'impressionner les filles, apprends à résister à tes instincts naturels de mâle et baisse-les.

— Quoi d'autre ? demanda Alex. Je suis curieux de savoir ce qu'un garçon doit faire pour impressionner les filles.

On dirait que quelqu'un a besoin de chouchouter ses pauvres sentiments foulés aux pieds…, se dit Isabel.

Suite à cette pensée peu charitable, elle s'en voulut de sa méchanceté. Que leur dispute de la veille se termine par une rupture l'avait presque soulagée. Mais avoir blessé Alex la rendait malheureuse.

— Allez, Isabel..., insista-t-il. Ça m'intéresse.

Isabel se promit de lui parler en tête-à-tête. Peut-être pour lui dire : « *Ce n'est pas toi qui es en cause, c'est moi.* » Il fallait qu'elle comble le gouffre qui s'était ouvert entre eux.

Mais j'attendrai que nous soyons seuls. Pas question d'étaler ça devant tout le monde !

— Très bien... Si tu veux être un mâle comme il y en a trop, Adam, lâche des gaz aussi souvent que tu en as envie et fais des plaisanteries stupides sur tes mauvaises manières. Du genre : « *Il faudra que j'arrête de donner du fromage à mon chien.* » Mais si tu veux être l'*autre* genre de garçon, celui qui attire les filles, quitte la pièce avant de l'empuantir...

Je me demande si ma réponse l'a satisfait ? pensa Isabel.

— Nous y sommes ! annonça Max.

Il arrêta la Jeep.

— Ne t'inquiète pas, Adam. Alex et moi te dirons tout ce que tu dois savoir sur le comportement masculin... Quand il n'y aura pas de fille pour nous entendre.

Isabel descendit du véhicule et prit la toile de camouflage dissimulée sous le siège arrière. Puis elle aida Max à couvrir la Jeep pour que personne ne la repère.

— J'aimerais vous poser une question, fit Adam.

Ils étaient en route pour la grotte.

— Je t'ai dit que tu pouvais tout nous demander, l'encouragea Max.

— Que va-t-il arriver à Michael ?

— Nous allons le sortir du complexe, promit Isabel. Nous attendons simplement que les choses se tassent un peu.

— Vous pouvez compter sur moi, vous savez.

— C'était notre intention, dit Alex. Et tu nous en apprendras plus sur le complexe que nous ne l'aurions rêvé. Plus nous connaîtrons les lieux, meilleur sera notre plan de bataille.

— Cela te fera-t-il mal d'en parler ? demanda Maria.

Elle a été plus rapide que moi, pensa Isabel, qui avait voulu poser la même question au jeune homme.

— Non, ne vous inquiétez pas, répondit-il, remontant ses lunettes de soleil sur l'arête de son nez. La cellule de Michael est dans une grande salle. Il y en a deux rangées de chaque côté du couloir.

Isabel se doutait que Michael était prisonnier dans une cellule ou une cage… Mais entendre Adam le confirmer lui coupa le souffle.

— D'autres cellules sont occupées ? demanda Alex.

— Une. Celle de la fille, Cameron.

— Une fille ? s'écria Maria. Qui est-ce ? Pourquoi est-elle là ?

— Je l'ignore. Elle est arrivée peu après Michael. Pa… Le shérif Valenti l'a amenée. Le docteur lui a fait faire des tas de trucs avec nous.

— Quel genre de « trucs » ? demanda Isabel.

— Briser ou déplacer des objets sans les toucher, répondit Adam. Deviner le chiffre de la carte qu'il tenait. Des choses comme ça.

— Crois-tu qu'elle est des nôtres ? demanda Max. Qu'elle vient d'une autre planète ?

— Je ne sais pas, dit Adam. Je ne sais pas tout...

— Et ce n'est pas ta faute ! le rassura Alex.

— Cette fissure conduit à notre grotte, révéla Max à Adam.

Ils étaient arrivés à destination.

— Laisse-toi glisser en te retenant avec les bras. Tu sentiras un rocher sous tes pieds...

Adam se faufila sans problème par l'ouverture. Isabel le suivit.

Venir dans la grotte sans Michael était bizarre... Elle avait toujours été son refuge plus que le leur. Il y avait passé de nombreuses nuits, quand il ne se sentait pas d'humeur à affronter ses parents adoptifs – ou qu'il n'en avait pas le courage.

— Que peux-tu nous dire d'autre sur le complexe ? demanda Max une fois qu'ils furent assis en cercle sur le sol. Combien y a-t-il de gardes ?

— Il y en a toujours deux dans la salle des cellules. D'autres gardent les labos. Et deux types nous escortaient en permanence, Michael, Cameron et moi. Nous n'étions jamais seuls.

— Sais-tu combien il y a de sorties ? demanda Alex.

Adam réfléchit puis secoua la tête.

— Je pense pouvoir retrouver celle par où je me suis enfui, mais je n'en connais pas d'autres.

Soudain, il eut l'air furieux contre lui-même.

— Il ne nous reste plus qu'à quadriller la zone autour du complexe à la recherche d'autres entrées, dit Isabel.

— Pourquoi ne pas entrer par effraction chez Valenti ? proposa Alex. Il a peut-être quelque chose sur son ordinateur. Ou des papiers qui nous mettront sur la bonne voie... Avec un peu de chance, nous pourrions même tomber sur le planning des gardes et un plan détaillé du complexe.

— Avant que nous nous lancions dans la stratégie de bataille, dit Max, il faut que je sorte une minute.

— Nous venons d'arriver ! protesta Isabel.

— Je parie qu'il doit donner du fromage à son chien, plaisanta Alex.

Il se leva à son tour.

— Je sors aussi. Ici, il n'y a pas de toilettes, donc pas de lunette ni de couvercle à baisser.

Maria leva les yeux au ciel.

— Les garçons !

Parler du complexe mettait les nerfs d'Isabel à rude épreuve. Elle se leva et fit les cent pas, essayant de se calmer.

Soudain, elle s'immobilisa.

Là, dans un coin, posée sur le sac de couchage... La veste de Michael !

Elle s'agenouilla, ramassa le vêtement et le porta

à son visage. Le nez dans le tissu, elle inspira profondément l'odeur de son propriétaire.

Isabel passa la veste et mit ses bras autour de son buste. Pour un instant, elle voulait faire comme si Michael était là… Comme si elle était dans ses bras, à l'abri des coups durs et des horreurs du monde.

Elle entendit un bruit de pas, se retourna et vit Maria.

— Je… J'ai entendu dire qu'Alex et toi aviez rompu. Je voulais te dire que je suis désolée. Vous faisiez un si beau couple…

— Merci, murmura Isabel.

Elle n'avait pas envie d'en parler. Pas pour l'instant… Elle voulait s'accrocher à son rêve éveillé et continuer de prétendre que Michael était là, avec eux, en sécurité.

— Etait-ce… ?

Maria hésita.

— Y a-t-il des chances que vous vous réconciliiez ?

Isabel secoua la tête.

Elle fourra les mains dans ses poches. Maria ne bougea pas.

Elle repense au rêve de Michael que nous avons épié, comprit Isabel. *Elle se demande si j'ai rompu avec Alex parce que je veux être avec Michael…*

Isabel n'avait pas l'habitude d'avoir des *amies*. Mais elle était sûre d'une chose : quand on savait son amie amoureuse – *très* amoureuse, dans le cas de Maria –, essayer de lui voler le garçon ne se faisait pas.

L'amitié de Maria comptait pour Isabel. Beaucoup plus qu'elle n'aurait pu l'imaginer quelques mois plus tôt.

Mais Michael…

Elle voulait qu'il l'embrasse. Au moins une fois. Qui savait si ça ne changerait pas sa vie à jamais ?

Et si ça signifiait la fin de son amitié avec Maria, eh bien…

CHAPITRE X

— Très bien, dit le docteur Doyle. Je vais dessiner sur ce carnet. Chacun de votre côté, essayez de reproduire mon croquis.

Il traça des traits et des courbes, son marqueur grinçant sur la feuille à mesure qu'il progressait.

— D'accord, Doc, répondit Michael. Mais plus de trucs cochons cette fois-ci !

Cameron ferma les yeux, feignant de recevoir des vibrations psychiques. Elle avait du mal à retenir un sourire. C'était dingue – et malsain – mais elle était heureuse d'être enfermée dans ce complexe de béton souterrain…

… Avec Michael.

Une condition *sine qua non* à ce bonheur tout nouveau.

Cameron entendit la porte du labo. Machinalement, elle ouvrit les yeux. C'était un autre garde. Maintenant, il y en avait trois dans la pièce.

— Le shérif Valenti veut vous voir, dit le type à la jeune fille.

— Quelqu'un va avoir des problèmes..., chantonna Michael, essayant de dissimuler son inquiétude.

— Fais attention au docteur, lui souffla Cameron du bout des lèvres.

Elle quitta le labo, escortée par l'homme. Au bout d'un long couloir, il s'arrêta devant le bureau de Valenti et frappa.

— Entrez !

Le garde referma la porte derrière la jeune fille.

Cameron s'assit sans attendre d'y être invitée.

— Les caméras de sécurité ont montré que vous aviez récupéré une mitraillette pendant votre tentative d'évasion...

Elle prit son temps avant de répondre.

— C'est vrai. Vous voulez que je gagne la confiance de Michael ? Croyez-vous qu'il se fierait à quelqu'un qui ne lui donnerait pas un coup de main quand il tente de s'évader ?

— Donc, vous avez pris l'arme pour être crédible, c'est ça ? demanda Valenti.

Cameron fut incapable de dire s'il marchait ou pas.

— Michael sait que je ne suis pas stupide. Que je ne ramasse pas la mitraillette qui était à mes pieds lui aurait mis la puce à l'oreille... D'autant que nous étions censés nous frayer un chemin par la force jusqu'à la sortie.

— Je vois. Mais je constate que vous êtes de plus en plus proche de notre ami Michael. J'ai remarqué les regards que vous lui lancez. Vous ne prenez pas votre rôle au sérieux… Il n'est pas interdit de s'amuser, petite bohémienne, mais vous feriez mieux d'obtenir les informations que je veux. Et vite. A propos, à la prochaine tentative d'évasion, j'espère que vous prendrez la peine de me prévenir. Il vous suffira de prétendre que vous êtes malade et un garde vous conduira aussitôt jusqu'à moi.

— Très bien. C'est tout, shérif ?

— Pour le moment… Ah, une dernière chose. Avez-vous des difficultés à maintenir votre couverture ? Il n'est sans doute pas facile de simuler des dons psychiques.

— Jusqu'ici, tous les trucs que nous avons employés ont fonctionné.

— Souvenez-vous d'une chose. S'il vous touche, il en apprendra énormément sur vous… Y compris que vous l'espionnez pour mon compte.

— Je sais.

Elle se leva et se tourna vers la porte.

— Un instant. Ceci pourrait vous intéresser.

Cameron fit volte-face.

Valenti tenait une feuille de papier.

Elle revint à contrecœur vers le bureau et la prit. Dès qu'elle l'eut retournée, elle trembla.

Reprends-toi, bon sang ! s'ordonna-t-elle. *Tu ne peux pas t'effondrer devant lui…*

La jeune fille lâcha le papier qui tomba comme une feuille morte. Baissant les yeux malgré elle, elle vit son propre visage lui renvoyer son regard.

Sous la photo, en lettres capitales : « *Avez-vous vu cette jeune fille ?* »

— C'est touchant, ne trouvez-vous pas ? demanda le shérif. Vous manquez beaucoup à vos parents. Ils ont placardé cette affiche dans tout le Nouveau-Mexique…

— Il n'est pas question que je retourne chez moi ! dit Cameron.

Sa voix tremblait.

— Alors, vous savez ce qu'il vous reste à faire… Débrouillez-vous pour que Michael vous donne les noms des autres extraterrestres. Mais rappelez-vous : je n'attendrai pas éternellement.

Cameron prit l'air indigné.

— Comment voulez-vous que je précipite les choses ? Il a admis être un extraterrestre seulement après que je…

— Je ne vous retiens pas, coupa Valenti.

Cameron tourna les talons et sortit. Elle referma doucement la porte derrière elle.

Elle aurait adoré la claquer. Mais elle avait déjà trop dévoilé ses sentiments à Valenti.

Le garde la raccompagna au labo.

Cameron prit une profonde inspiration et entra.

Dès qu'il la vit, Michael lui fit son sourire en coin ravageur. Le goût amer de la bile remonta dans la gorge de la jeune fille.

Je ne lui ai pas menti sur toute la ligne. Je me suis enfuie de chez moi. Et c'est bien Valenti qui m'a retrouvée. Quant à mes parents, ils me considèrent réellement comme un monstre, même si ce n'est pas ce qu'il croit…

Qui que soient ses amis, ils ont des pouvoirs,

comme lui, se rappela-t-elle, essayant de chasser le sentiment de culpabilité qui l'étouffait presque. *Même si je donne leurs noms au shérif, ils ne seront pas sans défense. Il ne pourra pas leur tomber dessus par surprise. Et s'il les trouve... ils seront réunis ici. Ensemble.*

Moi, je suis seule et je n'ai personne sur qui compter...

CHAPITRE XI

Oh, regardez ! Dans la poussière... On dirait un ver ou un insecte !

Mais non, c'est Alex Manes... Quel garçon compréhensif !

Oui, c'était lui. Tout craché !

Qui d'autre aurait accepté de quadriller la zone du complexe avec Isabel deux jours seulement après qu'elle lui eut montré la porte ? N'importe quel type aurait maudit son nom, lancé des fléchettes sur ses photos et raconté à tous leurs amis quel genre de fille vile et perverse elle était.

Pas lui !

Un garçon aussi compréhensif ne disait rien. Il souffrait en silence. Et si Isabel voulait qu'ils passent ensemble une dizaine d'heures, dissimulés derrière un maudit buisson dans un petit arroyo, il acceptait.

Avec un sourire en prime.

Alex but une gorgée à sa gourde. Peu importait la quantité d'eau qu'il avalait, il transpirait tant que ça ne semblait lui faire aucun bien.

— Euh… Alex, je voulais te parler d'une chose, dit soudain Isabel. Tu sais, l'autre jour, quand je t'ai dit que nous ne devrions plus sortir ensemble…

Il hocha la tête.

Si sa mémoire était bonne, elle n'avait pas employé ces termes.

Isabel n'avait rien *dit*. Elle avait *hurlé*. Des abominations…

— Sache que tout ça n'a rien à voir avec toi. Tu avais raison. Je m'inquiète terriblement pour Michael. A cause de ce qu'on lui fait subir, bien sûr, mais aussi de ce qui pourrait en résulter. Et maintenant, il y a Adam. Tout est si compliqué… Je ne me sens pas la force de vivre une histoire d'amour en ce moment. Même avec quelqu'un d'aussi bien que toi.

Pas de doute, c'était une situation pour un garçon aussi compréhensif et merveilleux que lui…

Alex se fendit de son plus beau sourire « *tout-est-pardonné* ». Il ouvrit la bouche pour assurer Isabel qu'il ne lui en voulait pas de l'avoir plaqué…

Aucun son ne s'échappa de ses lèvres.

— J'essaie de te dire qu'en d'autres circonstances, tout aurait été si différent…

Elle continua son petit discours, mais il n'écouta plus. Il n'avait pas besoin de ça maintenant.

D'accord, Isabel était très belle. Et quand elle le touchait, il fondait instantanément. Mais c'était une fille égoïste, méprisante, dénuée de considération pour les autres…

Il s'arrêta.

Pour faire la liste des défauts d'Isabel, il attendrait d'être devant son ordinateur.

— Isabel, dit-il, tu n'as pas à t'inquiéter. Tu m'as plaqué, voilà tout ! Et c'était ce qui pouvait m'arriver de mieux. Tu m'as évité de chercher un prétexte pour rompre le premier.

— Nous allons entrer par effraction, c'est ça ? demanda Maria.

Liz et elle étaient sur le trottoir, en face de chez Valenti.

Maria éprouvait l'impression que ses pieds avaient pris racine dans l'asphalte. Arriverait-elle à faire un pas de plus ?

— Nous n'aurons probablement pas à entrer par effraction chez le shérif, répondit Liz. Je parie qu'il a laissé une fenêtre ou une porte ouverte à l'arrière de la maison. C'est comme ça que font mes parents…

— Attendons que Kyle rentre. Je suis certaine qu'il nous inviterait. Il a toujours rêvé de te trouver devant sa porte… On peut dire que c'est un de ses fantasmes.

— Ne crois-tu pas qu'il aurait des soupçons si je venais chez lui après lui avoir répété des centaines de fois de ne pas m'approcher ? Et puis, il sait que je suis avec Max.

Maria eut un sourire espiègle.

— Mon petit doigt me dit que Kyle ne pense pas avec son cerveau quand tu es dans les parages…

— Tu es dégoûtante ! (Liz grimaça.) Je préfère

oublier ça. Rien que d'y penser, ça me fiche la nausée !

Elle prit une profonde inspiration.

— Es-tu prête ?

— Je crois. Sauf que j'ai un petit problème avec mes pieds. On dirait qu'ils sont collés au trottoir...

— Rappelle-toi que tu fais tout ça pour Michael.

— Oh, ça, c'était un coup bas !

Elle emboîta le pas à son amie.

— Oui, mais efficace, constata Liz. Faisons comme si nous étions invitées et dirigeons-nous avec naturel vers la porte de derrière.

— Maintenant qu'elle a rompu avec Alex, crois-tu qu'Isabel voudra sortir avec Michael ? demanda Maria.

Liz et elle traversaient la pelouse, devant chez Valenti.

Oh, zut...

La question lui avait échappé. Depuis des jours, elle désirait la poser à Liz sans parvenir à s'y résoudre. Elle se répétait qu'elle ferait mieux de ne plus y penser.

Avec le plan qu'ils avaient mis au point pour faire sortir Michael du complexe, elle avait déjà fort à faire. Et c'était sa priorité.

Tout le reste devenait une perte de temps. Elle verrait bien, plus tard, avec qui Michael aurait envie de sortir. En attendant, ce genre de spéculation avait un côté malsain.

Mais elle ne pouvait pas s'en empêcher. La question la hantait...

Bien sûr, elle voulait que Michael revienne sain et sauf. C'était le plus important à ses yeux. Même s'il devait sortir avec Isabel…

Alors, elle n'aurait plus qu'à se rouler en boule dans un coin et à se laisser mourir.

Liz ouvrit la barrière et gagna la porte latérale de la maison, qui était fermée.

— Tu n'as pas répondu à ma question, insista Maria pendant qu'elles faisaient le tour de la propriété pour atteindre la porte vitrée de la salle à manger.

— A quoi bon, puisque je ne connais pas la réponse ?

La jeune fille essaya de pousser le panneau.

En vain.

— Ça pourrait arriver, en effet… Mais en attendant, cesse de te tourmenter inutilement. Te rendre malade pour rien n'avancera personne. Michael sait ce que tu ressens pour lui, non ? Quoi qu'il arrive, tu n'auras pas à te dire que tout aurait pu être différent s'il avait su…

Comme c'est rassurant ! pensa Maria. *Quand Michael choisira Isabel, je me consolerai en me disant qu'il sait ce que je ressens pour lui et qu'il s'en fiche. Aucun doute, ça m'aidera à garder le moral…*

Liz saisit la poignée de la deuxième porte coulissante – qui donnait sur le salon – et tira. Elle s'ouvrit sans bruit.

— Ça y est ! souffla-t-elle à son amie. Nous y sommes.

Maria tendit l'oreille.

Aucun bruit de pas ni son de voix. Rien. Elles avaient été à peu près sûres de trouver la maison vide…

— Dépêchons-nous avant que mes pieds se remettent en grève, dit Maria.

Elles entrèrent dans le salon.

— Si Valenti a un bureau chez lui, il doit être au fond de ce couloir, murmura Liz.

Maria partit dans la direction indiquée par son amie.

Cette maison a l'air d'un hôtel, pensa-t-elle en jetant au passage un coup d'œil dans une des chambres restées ouvertes. *Tout y est tellement impersonnel !*

Ça l'était même plus qu'un hôtel, où on trouvait souvent des tableaux hideux accrochés aux murs. Ici, il n'y avait rien. Tout était nu.

Maria ouvrit la porte suivante.

Jackpot !

Un bureau, un ordinateur et une armoire à dossiers.

— Que préfères-tu ? demanda Liz. Les dossiers ou l'ordinateur ?

— Les dossiers, répondit Maria.

Elle s'installa devant l'armoire. Dès qu'elle ouvrit le premier tiroir, tout faillit lui dégringoler dessus. Elle retint le meuble d'une main et se servit de l'autre pour sortir un premier dossier.

Il était rempli de papiers concernant Kyle : certificats de vaccinations, bulletins scolaires, une lettre annonçant qu'il était renvoyé trois jours du lycée...

Rien d'intéressant.

Elle en prit un deuxième.

Des talons de chèques et de vieilles factures.

Le troisième contenait des copies de feuilles d'impôts. Dans le quatrième, elle trouva le certificat de naissance de Valenti, le bail de la maison et une copie de sa carte grise.

— Le deuxième prénom de Valenti est Elmer, lança-t-elle à Liz. Comment peut-on craindre quelqu'un qui porte un prénom pareil ?

Elle commença à rire.

— Non, Maria ! supplia Liz. Ce n'est pas le moment.

La jeune fille serra les dents, essayant de penser à autre chose – n'importe quoi pourvu que ce ne soit pas drôle. Alors, elle entendit quelque chose qui lui donna envie de se tordre de rire au point qu'elle ne put retenir un gloussement hystérique.

Une porte venait de s'ouvrir.

Liz se précipita derrière son amie et lui plaqua une main sur la bouche. Maria ferma les yeux, inspirant lentement, jusqu'à ce que son fou rire nerveux passe. Quand elle fut certaine que c'était fini, elle repoussa le « bâillon ».

— Je crois que notre ami est allé directement dans la cuisine..., souffla Liz. Si nous longeons le couloir en rasant le mur à droite, nous rejoindrons le salon et sortirons sans nous faire remarquer.

Maria hocha la tête. Elle quitta le bureau. Dos au mur et tête basse, elle avança sur la pointe des pieds.

Tu as fait la moitié du chemin, s'encouragea-t-elle. *Ne t'arrête pas…*

Maria sentit les ongles de Liz s'enfoncer dans son bras. Elle leva les yeux… et vit Kyle Valenti.

Le cœur de Maria bondit dans sa poitrine…

— Que faites-vous ici ? demanda Kyle.

— Nous… euh… sommes en mission. Nous devons décorer les maisons des joueurs de football de l'équipe du lycée, répondit Maria, lui fourrant sous le nez son sac en crochet.

Heureusement que c'est le plus grand que j'ai…, pensa-t-elle.

— Tu sais, histoire de leur faire une surprise… et de leur donner un moral d'acier pour la prochaine rencontre. Nous avons tout ce qu'il faut : du papier crépon, des décorations…

Kyle croisa les bras, l'air menaçant.

— Je ne suis pas dans l'équipe de football.

— Oh… Euh…

Maria essaya de calmer les battements de son cœur.

— Ah, bon ? s'écria Liz. C'est ma faute ! Je crois toujours que tu es dans l'équipe parce que tu es si grand et si fort… Eh bien, il ne nous reste plus qu'à trouver la bonne maison !

La jeune fille prit son amie par le bras et la tira. Elles coururent vers la porte d'entrée et ne s'arrêtèrent pas avant d'avoir tourné le coin de la rue.

— Dis-moi, haleta Maria, tu as regardé Kyle

Valenti en disant : « *tu es si grand et si fort* ». Je n'ai pas rêvé !

— Ne m'en parle pas ! Ça me donne envie de vomir. Enfin, nous avons pu jeter un coup d'œil au bureau du shérif…

— Mais nous n'avons rien trouvé ! Enfin, pas moi…

— Moi non plus. J'espère que les autres auront eu plus de chance que nous.

Max jeta un regard en coin à Adam.

Est-il mignon ?

Le jeune homme ne put s'empêcher de lorgner de nouveau son compagnon. Après tout, inutile d'être très attentif quand on roule sur une route droite et parfaitement plate en plein désert… Il n'y avait pratiquement pas d'autres voitures.

Max n'arrivait pas à se décider. Adam était-il mignon ? Les filles étaient-elles attirées par les garçons comme lui ?

Je n'en ai pas la moindre idée…

Certaines choses, comme les chatons et les canetons, ne demandaient pas une réflexion intense : ils étaient mignons, c'était évident pour tout le monde.

Mais Adam…

Max ne savait qu'en penser. Il avait entendu dire qu'Adam avait des yeux d'un vert extraordinaire. Et les filles attachaient beaucoup d'importance aux yeux…

Même si Maria trouve Adam mignon, ça ne veut

pas dire que Liz est du même avis, se rappela-t-il. *Et même si elle l'était, quelle importance ?*

Admets-le, il t'arrive aussi de trouver certaines filles mignonnes. Comme Maria, par exemple.

Mais Liz…

Liz était la beauté incarnée. Chaque fois qu'il posait les yeux sur elle, il était pris de vertige. Elle le bouleversait comme aucune autre…

Et il voulait qu'elle ressente la même chose pour lui.

Oui, quand elle me *regarde. Pas quand elle regarde Adam…*

Mais il n'avait pas à s'inquiéter pour ça.

Si elle considère qu'Adam est mignon, elle pourrait finir par le regarder différemment…

Selon une étude dont il avait entendu parler, les pupilles d'une femme se dilataient en présence d'un homme qui lui plaisait. Peut-être saurait-il si Liz était attirée par Adam en…

Si Michael ou Alex captaient tes pensées en ce moment, ils se moqueraient de toi jusqu'à ton dernier souffle !

— Nous sommes assez éloignés de la ville pour nous arrêter et essayer d'utiliser nos pouvoirs combinés, lança-t-il à haute voix.

Il quitta la route, s'enfonçant dans le désert.

Adam était très calme. Max se demanda à quoi il avait consacré le trajet. Avait-il pensé à Liz ? Avait-il… ?

Bon sang, cesse de gamberger !

Il arrêta la Jeep.

— As-tu mal à la tête ? demanda Adam. Tu n'arrêtes pas de te masser le front.

Max ne s'en était pas aperçu. Sans avoir mal à la tête, il avait l'impression que son crâne était sous pression. Il savait pourquoi : c'était à force de bloquer les informations et les sensations que lui envoyait la conscience collective.

Il voulait tout apprendre sur son monde d'origine. C'était son héritage. Mais dès qu'il se laissait aller, il perdait toute notion du temps. Pour le moment, il ne pouvait pas se permettre ce genre de distraction.

Quand Michael serait sain et sauf, il aurait le temps de s'immerger dans cet océan de paix et de connaissance. Pas avant.

— Non, je vais bien, Adam. A ton avis, par quoi devons-nous commencer ? Quand nous sortirons Michael du complexe, nous aurons besoin de tous nos pouvoirs.

Il n'avait pas dit « *si* ». Leur plan ne prévoyait pas de « *si* ». Dans deux jours, ils passeraient à l'attaque et investiraient le complexe. Et Michael en sortirait avec eux.

— Le docteur Doyle, le type qui m'a fait passer presque tous les tests, voulait que je provoque des explosions, dit Adam. Ma plus grande réussite fut avec un grain de raisin. Mais ensemble…

— Essayons, coupa Max. Dis-moi… Quand tu as fait exploser le grain de raisin, as-tu forcé les molécules à se séparer ?

— Je… l'ignore. Je n'y ai jamais réfléchi… Je

fais des trucs, voilà tout. Quand ça marche, c'est bien, dans le cas contraire…

— Je ne l'avais encore jamais considéré sous cet angle, dit Max non sans une pointe d'envie. Il est vrai que j'utilise mes pouvoirs uniquement en cas de besoin. Toi, on te poussait à t'en servir le plus possible, histoire d'en déterminer l'étendue et les limites…

— Tu n'utilises pas tes pouvoirs parce que tu crains d'effrayer les gens ? demanda Adam.

Il a deviné que ce n'est pas l'unique raison, comprit Max.

Evadé du complexe depuis moins d'une semaine, Adam avait déjà compris que les humains – du moins certains –, voudraient sa mort s'ils découvraient la vérité à son sujet. Max entendait cette certitude dans sa voix.

— Nous évitons de recourir à nos pouvoirs devant les humains parce que ça les effraierait. Ils risqueraient de paniquer et de vouloir éliminer ce qu'ils tiendraient pour une menace. Crois-moi, beaucoup de gens n'hésiteraient pas à s'en prendre à toi simplement parce que tu es différent.

Adam hocha la tête, la mine sombre.

A cet instant, il avait l'air d'un enfant. Max se demanda comment il avait pu penser que Liz le quitterait pour quelqu'un qui semblait aussi jeune.

— Qu'allons-nous faire exploser ? demanda-t-il.

Adam et lui auraient une longue conversation sur les humains *plus tard*. Pour l'heure, ils devaient s'entraîner à travailler ensemble.

— Un cactus ? répondit Adam.

Il désigna un grand spécimen, à cinquante mètres.

— D'accord.

Max posa une main sur le bras d'Adam. La connexion fut instantanée. Mais il y avait un problème : les images venues de l'esprit d'Adam envahirent le cerveau de Max... et il ne vit plus rien.

Le jeune homme utilisa la méthode qui lui servait à tenir à distance les informations de la conscience collective. Le flot d'images ralentit, puis cessa.

Max regarda le cactus.

— Prêt ? demanda Adam.

— Une seconde...

Il ne savait toujours pas ce qu'il était censé faire. Adam disait qu'il se contentait de *faire* les choses, mais lui ne fonctionnait pas comme ça. Il avait besoin d'une méthode.

Et pourquoi ? Tu penses trop. Pour une fois, agis !

— A trois..., dit-il à Adam.

— Un... Deux... Trois !

Max libéra leur force combinée, l'orientant sur le cactus. Quelque chose d'humide s'écrasa sur sa joue. Il s'essuya. Quand il regarda ses doigts, il vit qu'ils étaient couverts de bouillie de cactus. La plante avait explosé si vite qu'il n'avait pas eu le temps de comprendre ce qui se passait.

J'ai eu de la chance : au lieu de recevoir de la purée de cactus sur la joue, j'aurais pu être criblé d'épines...

— C'était cool ! cria Adam.

— Oui et ça pourrait nous être très utile quand nous serons dans le complexe.

A ces mots, le sourire d'Adam disparut.

Bien joué, Max !

— Essayons autre chose, d'accord ?

— Un jour, le docteur m'a demandé d'enflammer un objet. Seul, j'en ai été incapable. Mais avec l'aide de Michael, les choses avaient changé.

— Je vais poser une boule de papier dehors, proposa Max.

Il allait descendre de la Jeep, mais Adam le retint.

— Pourquoi ne pas mettre le feu à cette pierre, là-bas ?

— A une pierre ? Ce n'est pas un objet inflammable. Mais si tu insistes… Pourquoi pas ?

Après, nous recommencerons l'expérience avec une boule de papier, pensa Max.

Adam lui saisit le poignet. De nouveau, la connexion fut immédiate.

Max laissa la force monter en puissance jusqu'à ce qu'il ait le sentiment qu'elle hurlait pour être relâchée.

— Très bien. A trois…

Max libéra le pouvoir. Aussitôt, la pierre commença à fumer.

Allez…

Il s'apprêta à envoyer une deuxième décharge.

De coin de l'œil, il vit un lapin brun approcher par petits bonds d'un cactus. Puis il continua son chemin… approchant de la pierre.

— Attention, Adam ! Il ne faut pas que nous atteignions…

Max sentit le pouvoir lui échapper. L'animal poussa un cri déchirant.

Le jeune homme se dégagea.

— Adam, arrête, bon sang ! Tu vas le tuer !

Les pattes postérieures du lapin s'agitèrent en vain, comme s'il était cloué sur place.

— Non, Adam ! Regarde ce que tu es en train de faire ! Contrôle ton pouvoir !

Max le saisit par les épaules et le fit tomber de la Jeep. Le lapin déguerpit prestement.

— Pourquoi as-tu voulu faire ça ? Ça t'amusait ?

— Quoi ? demanda Adam.

Il se releva et épousseta son jean.

— *Quoi ?* s'écria Max, hors de lui. Tu as failli tuer ce pauvre lapin…

— *Quoi* ? répéta Adam, atterré. Je ne voulais pas… Je ne savais plus ce que je faisais. Comme si je n'avais plus rien… contrôlé.

Adam regarda l'endroit où le lapin s'était débattu. Max le vit frémir. Il devait l'admettre : son compagnon avait vraiment l'air troublé.

Mais il avait remarqué son expression quand l'animal glapissait.

Adam avait souri.

CHAPITRE XII

Liz était en train de se faire un chignon. Soudain, elle s'avisa qu'Adam l'épiait. Elle eut l'impression de sentir ses doigts caresser tous les endroits où son regard se posait. Glisser sur sa nuque... Effleurer ses mèches entortillées...

La jeune fille ne savait pas quelle attitude adopter.

Elle était flattée par l'admiration du jeune homme... Mais elle aurait aussi voulu qu'il cesse de la dévorer des yeux.

Liz se renfonça sur le sofa, se collant volontairement contre Max.

Adam doit comprendre que je ne suis pas libre.

— Oh, non, ne me dites pas que vous aussi ! gémit Maria. Vous n'allez pas devenir un de ces couples ?

— Quel genre ? demanda Liz.

— Eh bien... Laisse-moi te poser quelques questions et tu auras la réponse. As-tu déjà partagé ton chewing-gum avec Max – un que tu as mâché longtemps ? Avez-vous parlé bébé ? Entends-tu des voix crier : « *Prends un appartement !* » quand tu es en public ? Si tu obtiens « oui » à une seule de ces questions, il est peut-être trop tard. Vous *êtes* un de ces couples…

— Ne t'inquiète pas, Maria, nous n'en sommes pas là, dit Liz. N'est-ce pas, mon extraterrestre préféré ?

— Où sont passés Alex et Isabel ? demanda Max. J'ai hâte que tout ça soit fini.

« Ça », c'était la mise au point d'un plan pour tirer Michael du complexe… et des griffes du shérif Valenti.

Pas étonnant que Max n'ait rien entendu ! Il a la tête ailleurs.

— Ils ont quelques minutes de retard, répondit Maria. Je suis certaine qu'ils seront bientôt là.

— Comment peux-tu en être aussi sûre ? demanda Max.

— Je suppose qu'aucun de nous ne peut l'être, intervint Liz. Eh, Isabel n'a-t-elle pas un téléphone portable ? Je pourrais l'appeler pour savoir où ils sont…

— Laisse ! s'écria Max. Je m'en charge.

Il allait se lever quand ils entendirent la porte d'entrée s'ouvrir. Isabel et Alex entrèrent bientôt dans le salon. Le jeune homme s'assit sur l'accoudoir du fauteuil où était installée Maria.

Eh bien, ils ne pourraient pas être plus éloignés l'un de l'autre…, pensa Liz.

Passer des heures dans le désert à quadriller la zone du complexe ne les avait pas amenés à reconsidérer leur rupture.

Une bonne ou une mauvaise chose ?

La personnalité d'Isabel était l'opposée de celle d'Alex. Mais il arrivait que ce genre de… configuration… fonctionne.

— Nous n'avons rien trouvé, annonça Alex, visiblement pressé d'en finir pour pouvoir fuir son ex-petite amie. *Nada !*

Max consulta sa montre.

— Nos parents pourraient arriver d'un moment à l'autre. Je n'ai pas envie qu'ils nous surprennent en train de parler de tout ça. Nous devrions monter la garde à tour de rôle…

» Adam, ça t'ennuierait de prendre le premier tour ? On voit bien la route de la fenêtre de la cuisine.

— Pas de problème.

Adam se leva et sortit. Alors qu'il passait derrière elle, Liz le sentit lui effleurer l'épaule du bout des doigts.

Il faudra que je sois plus directe. Il doit comprendre que je suis avec Max…

Dès qu'Adam eut disparu, Isabel se tourna vers son frère, fronçant les sourcils.

— C'est quoi, cette histoire ? Nous savons tous les deux que papa et maman sont à leur bureau de Clovis. Ils ne seront pas de retour avant des heures !

— Il est arrivé du nouveau pendant qu'Adam et moi nous entraînions dans le désert.

Le ton de sa voix tira Liz de ses réflexions. Elle fut soudain tout ouïe. Max semblait… effrayé.

Il se passe quelque chose... Qui n'a rien à voir avec Michael.

— Adam et moi tentions d'enflammer une pierre quand un lapin est apparu. Et il a failli *incinérer* ce pauvre animal ! Il a fallu que je lui saute dessus et que je le plaque au sol. Imaginez ça : un instant la petite bête est là, les moustaches et le nez frémissants... Celui d'après, elle glapit de terreur... Je crois qu'Adam a un... *côté obscur*.

Maria gémit.

— Oh, mon Dieu ! marmonna Alex.

Non ! pensa Liz.

— Ça devait être un accident ! cria Isabel. Ses pouvoirs ont échappé à son contrôle, voilà tout.

Max secoua la tête.

— Tu n'étais pas là. Tu n'as pas vu ce qui s'est passé. Quand le lapin a glapi, on aurait dit un cri... humain. Horrible ! Et Adam *souriait*. Il n'aurait pas eu l'air plus ravi s'il avait regardé un dessin animé à la télé !

— Je n'arrive pas à croire ça d'Adam, murmura Maria.

— Nous ignorons de quoi il est capable, conclut Max. Nous ne savons pas ce que les hommes du Projet Table Rase lui ont fait subir. Ils ont peut-être passé des années à le transformer en machine à tuer.

— Max a raison, dit Alex. Après tout, nous ne le connaissons que depuis quelques jours...

Liz se souvint d'Adam, gisant dans l'herbe du jardin.

— Il n'est pas plus une machine à tuer que vous !

— J'aurais parié que tu dirais ça ! répondit Max.

Elle se raidit et il s'écarta.

— Pourquoi ? demanda-t-elle. Parce que Adam s'est amouraché de moi ? Tu crois vraiment que c'est pour ça que je prends sa défense ?

— Oui !

— Heureuse d'apprendre que tu as une si haute opinion de moi !

— Adam ne s'est pas amouraché de moi, coupa Isabel, pourtant je suis d'accord avec Liz. Il est doux et gentil.

— Max, devrions-nous craindre qu'il se retourne contre nous ? demanda Maria.

— Voilà la question à laquelle nous devrons répondre avant de nous aventurer dans le complexe avec lui, conclut Alex. Qu'en penses-tu, Max ? Crois-tu qu'il puisse se retourner contre nous ?

Michael faisait les cent pas dans sa cellule.

Avoir besoin de deux heures de sommeil par nuit peut présenter de sérieux inconvénients.

Ici, il aurait préféré faire le tour de l'horloge…

Enfin, pas tout à fait…

S'il dormait douze heures, ce serait autant de temps qu'il ne passerait pas en compagnie de Cameron.

Michael jeta un coup d'œil vers la cellule de la jeune fille, allongée sur son lit.

Il aimait ses cheveux. Pourtant, d'habitude, il préférait les cheveux longs…

Il aimait aussi les courbes plus féminines, plus… avantageuses. Cameron était élancée, mince et très musclée. Un physique de sportive accomplie.

Un conseil : évite de penser à ce genre de chose !

Un garçon enfermé dans une cage de verre devait oublier le sexe.

Il se jeta sur son lit et regarda le plafond de verre. L'autre, en béton, se situait beaucoup plus haut.

Je me demande à quelle distance de la surface nous sommes ?

L'idée d'être sous terre lui donnait parfois la chair de poule.

Comme s'il était enterré vivant…

Michael se leva d'un bond. Rester à l'horizontale lui donnait l'impression d'être allongé dans un cercueil.

Il jeta un nouveau coup d'œil à la cellule de Cameron. En l'absence de gardes, il se permettait de l'observer longuement. Mais quand ils étaient dans les parages…

Il n'aimait pas qu'ils puissent penser : *« Eh, l'extraterrestre trouve la Terrienne à son goût ! »*

Etait-ce la vérité ? Avait-il envie de Cameron ?

Oh, oui !

D'accord… Une question plus difficile, à présent. La désirerait-il toujours si elle n'était plus la seule fille du complexe, prisonnière comme lui ?

Oh, oui !

Très bien. Question suivante – plus difficile encore : la désirait-il plus que Maria ou Isabel ?

Isabel ?…

Minute !

Que venait-elle faire là-dedans ? Isabel était comme une sœur pour lui. Il ne pensait pas à elle de cette façon-là.

Te souviens-tu du jour où vous vous êtes battus pour la télécommande sur le sofa ?

Il avait eu une sorte de… révélation en sentant le corps de la jeune fille pressé contre le sien.

Sans crier gare, une pensée lui avait traversé l'esprit. Et si Isabel passait de la catégorie « petite sœur » à celle de « flirt potentiel » ?

Sa réaction avait été… violente.

Autant qu'une éruption volcanique !

Michael s'ébouriffa les cheveux en soupirant.

Depuis sa capture, il s'efforçait de ne plus penser à Maria. Un jour, il faudrait qu'il affronte les révélations de la jeune fille… Mais en attendant, il avait trop de soucis pour se demander comment agir face à une Maria amoureuse.

Je t'aime…

Cet aveu l'avait déstabilisé, affolé même ! Etait-ce différent pour les gens qui avaient une vraie famille ? Max et Liz ayant chacun leurs parents, ils devaient se dire « Je t'aime » tout le temps. Ils avaient eu des années pour s'habituer à entendre ces *mots*-là.

Ce n'était pas le cas de Michael.

Très bien… Question suivante : Aimes-*tu l'une d'entre elles ?*

Isabel.

Une fois de plus, la réponse ne s'était pas fait attendre.

D'accord, il aimait Isabel, même s'il ne le lui avait jamais dit.

Une minute ! Tu sais que nous ne parlons pas d'amour fraternel ? La question n'est pas de savoir si tu l'aimes comme une petite sœur. Ni comme une amie très chère et de longue date…

Alors, ta réponse ? Aimes-tu Maria, Cameron ou Isabel ?

Liz retourna son oreiller et y enfouit son visage brûlant. Pourquoi ne dormait-elle pas ? Elle en avait besoin !

Le lendemain, Max, Alex, Maria, Isabel, Adam et elle entreraient dans le complexe…

Je ne peux pas me permettre d'être fatiguée et hors du coup !

Ça serait trop dangereux. Elle pourrait être tuée ou provoquer la mort d'un de ses amis.

Oh, elle savait comment apaiser son esprit tourmenté et recouvrer le sommeil.

Liz ne dormirait pas aussi longtemps que ses pensées tourneraient en rond.

Il faut que je me focalise sur quelque chose…

Le tableau des éléments !

Passer en revue le tableau des éléments l'avait

toujours aidée à se calmer. Elle commencerait par les plus rares…

D'abord, l'yttrium, dont le symbole était Y, le nombre atomique 39 et la masse atomique 88,9059. Il n'était pas toujours classé parmi les éléments terrestres rares mais…

Un bruit sourd venu du jardin la tira de ses pensées.

Adam se promène ?

Elle sortit du lit et s'approcha de la fenêtre… à temps pour voir Adam se glisser dans la cabane.

Où est-il allé ?

Liz passa sa robe de chambre et ses chaussons. Elle était à mi-chemin quand elle pensa qu'il avait dû sortir faire pipi.

Elle se glissa dehors sans bruit, traversa la pelouse jusqu'à la cabane et frappa un coup discret à la porte. Adam ouvrit aussitôt. Un sourire apparut sur ses lèvres quand il découvrit l'identité de sa visiteuse.

Oh, non !…, pensa Liz. *Rendre visite à Adam en pleine nuit n'était pas une bonne idée. Je viens de réduire à néant tous mes efforts pour lui faire comprendre que je suis avec Max et que les choses resteront ainsi…*

— Je t'ai entendu rentrer, Adam. Je voulais m'assurer que tout va bien. Si tu as froid, je peux t'apporter une couverture supplémentaire…

— Non, tout est parfait. Veux-tu entrer une minute ? Je pourrais nous griller des toasts.

Liz sourit.

Elle avait apporté un grille-pain à son « invité », histoire d'améliorer un peu le confort de la cabane.

Comment un garçon qui adore griller des toasts pourrait-il être dangereux ?

Max devait s'être trompé. Si Adam avait failli tuer un lapin, c'était un accident.

— Non, je dois retourner me coucher. Si mes parents s'aperçoivent de ma disparition, ils risquent de s'affoler. (Elle hésita, puis posa la question qui lui brûlait les lèvres.) Adam, où es-tu allé ?

— Hein ?

— Tu es sorti, non ? Je me demande où tu es allé.

— Où je suis allé ? Euh... Nulle part.

— Tu sais, je ne suis pas fâchée contre toi. Mais quand tu vas te promener, tu dois être très prudent...

» Enfin, c'était juste de la curiosité. Je t'ai entendu rentrer et, tout naturellement, je me suis demandé où tu étais passé...

— Oh... J'étais allé au supermarché acheter du beurre pour mon pain grillé.

Ça semblait normal. Pourtant, son ton et son attitude éveillèrent les soupçons de la jeune fille. Il mentait !

Mais pourquoi ?

Pourquoi éprouvait-il le besoin de mentir ?

Liz voulut lui demander de voir la plaquette de beurre, mais elle se ravisa. Ça paraissait tellement stupide qu'elle y renonça. Et si Adam mentait pour des raisons obscures, mieux valait lui laisser penser qu'elle le croyait.

C'est plus sûr.

— Es-tu certaine de ne pas vouloir un toast ? insista-t-il.

Il sourit et ses lèvres dévoilèrent ses dents.

Liz frissonna et eut un mouvement de recul involontaire.

Max et Alex ont raison.

Elle ne connaissait pas si bien Adam, après tout…

CHAPITRE XIII

Adam emporta sa tartine de pain grillé et monta dans la Jeep.

Il la mangea pendant qu'ils se dirigeaient vers la sortie de la ville. Bizarrement, même s'il avait mis assez de beurre pour que le toast en soit imbibé, le pain lui parut sec et désagréablement râpeux contre sa langue et son palais.

Je suis en route pour le complexe…

Là-bas, il n'y avait jamais de soleil ni de touffe d'herbe. Il n'y avait rien de *vrai* dans ce labyrinthe de béton.

Alors, pourquoi une partie de lui-même était-elle impatiente d'y retourner ?

On peut dire que je rentre chez moi…

— Devrions-nous réviser notre plan une dernière fois ? demanda Alex.

— Pitié ! gémit Maria. Plus nous en parlons, plus je réalise que ce « plan » manque sérieusement de consistance !

— Alors nous devrions réfléchir à un meilleur

moyen de pénétrer dans le complexe sans nous faire prendre, dit Liz.

— Nous savons qu'il n'y en a pas d'autre ! explosa Isabel. Nous avons passé en revue toutes les possibilités un million de fois !

Adam ne dit rien.

Pour lui, tout cela n'avait aucune importance. Pas besoin de plan pour savoir ce qu'il aurait à faire une fois dans le complexe…

— Isabel a raison, intervint Max. Profitons du trajet pour nous concentrer sur la tâche à venir.

Adam appuya sa nuque contre la barre de la Jeep et enregistra tout ce qu'il voyait défiler par la vitre. Si l'affaire tournait mal, il garderait autant de souvenirs de choses *réelles* que possible.

Puis il comprit qu'il se fourvoyait. Pas besoin de stocker toutes ces images qui ne signifiaient rien ! Une seule image comptait vraiment pour lui…

S'il redevenait prisonnier du complexe, il garderait en mémoire, dans ses moindres détails, le visage de Liz.

Il se tourna vers la jeune fille et la dévisagea de nouveau, tâchant de mémoriser la courbe de sa lèvre supérieure, la couleur de ses yeux, la manière dont ses cheveux retombaient le long de sa joue…

Il la regarda jusqu'à ce qu'il soit sûr de pouvoir se souvenir à jamais de son visage, puis ferma les yeux.

Max avait dit qu'ils devaient se concentrer et il avait raison.

Adam s'imagina à l'intérieur du complexe.

Reverrai-je… papa ?

Non, pas papa. *Le shérif Valenti. Ce n'est pas ton père. Il n'est rien pour toi. Ne le laisse pas t'empêcher d'agir. Personne ne se mettra en travers de ton chemin…*

— Veux-tu encore jouer à « la vérité ou un gage », Mickey ? Et finir la partie ? demanda Cameron.

Aujourd'hui, c'est le grand jour, se jura-t-elle. *Je vais lui soutirer les noms des autres extraterrestres. Ensuite, je sortirai d'ici.*

Mentir à Michael la rendait malade. Elle devait en finir vite.

— Comment sais-tu qu'une partie est terminée ? demanda Michael, intrigué. Il n'y a pas de limite. C'est vrai, personne ne gagne…

— Mais quelqu'un perd. Toutes les parties de « la vérité ou un gage » auxquelles j'ai joué ont toujours eu un perdant… Tôt ou tard, quelqu'un éclate en sanglots. C'est à ça qu'on voit que le jeu est fini.

— Plutôt brutal, non ?

Tu n'as pas idée à quel point…

— Très bien, c'est mon tour, dit Cameron. Comment as-tu su que tu étais un extraterrestre ? La vérité ou un gage.

Voilà qui devrait orienter le jeu dans la bonne direction…

A moins que Michael ne préfère un gage… Dans ce cas, son stratagème serait vain.

— Au début, je me suis simplement aperçu que je pouvais faire des choses dont les humains sont incapables, répondit-il. Plus tard, j'ai vu des photos de morceaux de métal retrouvés sur le site du crash, après l'Affaire de Roswell. Certains symboles étaient les mêmes que ceux de ma capsule d'incubation. Voilà comment j'ai su que je venais d'ailleurs.

— Alors, un OVNI s'est vraiment écrasé près de Roswell ? Je croyais que c'était seulement un moyen pour la ville de vendre ses T-shirts et ses gadgets extraterrestres…

Je n'arrive pas à croire que nous soyons assis là à parler de l'Affaire de Roswell comme si elle avait vraiment existé, pensa-t-elle. *Toute cette histoire n'est qu'une farce. Comment pourrait-il en être autrement ? A moins que ce ne soit une sorte de test bizarre…*

Oui, en fait, c'était logique.

Michael était sans doute un acteur. Et le shérif et le docteur surveillaient ses réactions aux paroles du jeune homme…

Un test. Bien sûr.

Cameron se détendit.

Dans ce cas, qu'elle obtienne les noms d'autres acteurs et les répète à Valenti serait sans conséquence. Après tout, il n'enfermerait pas toute une troupe dans ses cellules de verre !

Non, il amènerait le sujet suivant et Doyle, Michael et lui recommenceraient leur petit cinéma.

— Oui, il y a vraiment eu un crash, affirma Michael.

— Alors, ça veut dire que tu as… euh… plus de cinquante ans ? demanda-t-elle.

Voyons comment tu vas m'expliquer ce détail, ami acteur…

— Tu n'aimes pas les garçons plus âgés ? demanda Michael.

Il se passa une main nerveuse dans les cheveux.

— Je suis sorti de ma capsule d'incubation il y a dix ans. A l'époque, j'avais la taille d'un enfant de sept ans. A toi de me dire mon âge.

Il ne ment pas…

Tu aurais préféré, n'est-ce pas, Cameron ? Ainsi, tu aurais eu meilleure conscience. Et tu aurais pu te répéter que tes propres mensonges n'avaient pas d'importance…

— A toi, Michael !

Il fallait que le jeu continue si elle voulait obtenir des résultats. Et si elle ne se dépêchait pas de soutirer des informations à son compagnon, elle n'aurait peut-être plus le courage d'aller jusqu'au bout…

— L'autre jour, j'allais t'embrasser et tu t'es dérobée. Pourquoi ? La vérité ou un gage.

— La vérité, répondit Cameron. Je sais que si tu touches une personne, tu es capable de lire ses pensées… Je ne voulais pas que tu connaisses les miennes.

— Non, je ne lis pas les pensées…, répondit Michael. Pas vraiment. Je reçois des images, des lambeaux de souvenirs. Et je ne me serais pas permis ça sans ton consentement.

— Ce n'est pas automatique ? s'étonna Cameron.

— Non ! N'as-tu aucun contrôle de tes pouvoirs psychiques ?

— De mes pouvoirs psychiques ?

Un instant, Cameron faillit oublier qu'elle était censée être télépathe.

— Non… euh… Bien sûr que j'ai le plein contrôle ! A moins de le vouloir, je ne peux pas lire les pensées des gens.

— Est-ce la seule raison qui t'a poussée à te dérober ? insista Michael.

Si je réponds « oui », il réessaiera…

Et s'il l'embrassait, elle ne s'acquitterait jamais de sa mission. Elle en était certaine…

Alors réponds-lui « non » ! Dis-lui que ce n'était pas la seule raison. Invente-toi un petit ami. Ou une migraine. N'importe quoi… Dis quelque chose !

— Oui.

Michael se pencha vers elle.

Tu peux encore l'arrêter. L'embrasser est la pire des choses que tu peux faire !

Elle enfouit les mains dans ses cheveux en bataille puis attira sa bouche contre la sienne.

Un long moment, elle ne pensa plus à rien, faisant l'impasse sur tout le reste.

Puis elle s'écarta.

Voilà.

En cet instant, il devait être plus ouvert qu'il ne l'avait jamais été.

— Je n'aurais jamais cru qu'un garçon informé que je suis un monstre voudrait m'embrasser…, souffla-t-elle.

Elle ne lui poserait pas directement la question. S'il devait lui révéler les noms des autres extraterrestres, il le ferait lui-même. Tout naturellement.

— N'as-tu jamais rencontré d'autres personnes comme toi ? demanda-t-il.

— Non.

L'estomac de Cameron se noua.

— Alors ma vie a été beaucoup plus facile que la tienne…

Vas-y, donne-moi leurs noms !

— J'ai toujours eu Max et Isabel. Ils sont… comme moi, continua-t-il. Leurs parents adoptifs sont humains et ils ignorent la vérité. Les Evans sont des gens fabuleux. Ils disent que je suis leur troisième enfant.

La partie est terminée.

Elle avait les noms !

— Ça va ? demanda Michael, la voyant grimacer.

— Non…, répondit-elle sans desserrer les dents. Pour être franche, j'ai envie de vomir. Je vais demander au garde de me donner quelque chose.

Elle se leva et frappa à la porte vitrée.

— Je ne me sens pas très bien, dit-elle au type qui vint ouvrir.

— Venez avec moi.

— Nous finirons notre jeu plus tard, dit Michael, quand tu te sentiras mieux.

— D'accord, répondit Cameron sans se retourner.

Elle ne voulait pas emporter une dernière image de lui. Elle avait emmagasiné assez de souvenirs pour se torturer jusqu'à la fin de ses jours. Les yeux rivés sur le dos du garde, elle l'accompagna dans le bureau de Valenti.

— Je veux cinq mille dollars, et que vous racontiez à mes parents que je suis partie pour New York, annonça-t-elle.

Si elle réfléchissait à ce qu'elle s'apprêtait à faire, elle ne pourrait pas aller jusqu'au bout.

— Et je suppose que vous foncerez vers la Californie, ironisa Valenti.

Cameron ne répondit pas.

Le shérif se rappela qu'il avait perdu, la dernière fois où ils avaient joué au petit jeu du silence le plus long.

— Je vais vous donner deux mille cinq cents dollars. Et vous n'aurez pas un *cent* de plus. Alors ! Les noms ?

— Max et Isabel Evans.

CHAPITRE XIV

Max tendit les jumelles à Adam.

— La caméra de surveillance est là, dit-il. Dans la crevasse, en haut de la formation rocheuse…

Adam hocha la tête.

Il avait l'impression que son corps se congelait de l'intérieur. Le froid le paralysait lentement. Rien ne semblait arrêter sa progression.

— Il suffit de briser l'objectif, continua Max.

De la main droite, il prit le poignet d'Adam, qui sentit à peine la pression. Si tout se déroulait comme prévu, dans quelques minutes, il serait de retour au complexe.

Et dans moins d'une heure, tu en seras ressorti, se rappela Adam.

Le froid envahit son cœur. Même s'il ne cessait pas de battre, il ne le sentait plus.

— Que tout le monde se prépare à courir ! ordonna Max. A trois…

Adam releva les jumelles.

Il n'avait pas besoin de *voir* la caméra pour réussir, mais l'avoir « en visuel » l'aiderait à mieux se concentrer.

— Un. Deux. *Trois !*

Adam « saisit » le pouvoir qui s'était accumulé depuis que Max et lui s'étaient connectés et le « projeta » en direction de la caméra de surveillance. L'avait-il « lancé » assez fort pour qu'il atteigne l'objectif ?

Le jeune homme entendit un bruit sourd puis vit la caméra exploser.

— *Courez !* hurla Max.

— Super-tir, Tex ! s'écria Alex dans le dos d'Adam.

Ils s'élancèrent vers la formation rocheuse qui dissimulait la porte principale du complexe.

Adam répondit par un sourire au compliment d'Alex. Enfin, il pensa qu'il souriait... Il ne sentait plus ses lèvres.

Quand il fut à une centaine de mètres du complexe, il s'arrêta, regarda les autres le dépasser et prendre leurs positions.

Puis il attendit.

Si Max ne s'était pas trompé, des gardes ne tarderaient pas à venir voir ce qui clochait avec la caméra. Quelques minutes à peine...

C'est peut-être bien la dernière que je passe au soleil, pensa Adam.

Mais il ne sentait plus sa chaleur. Le soleil brûlant du Nouveau-Mexique ne le réchauffait plus.

Allez, les gars ! encouragea-t-il les gardes. *Venez donc me chercher...*

Rester planté là, à attendre qu'on le ramène dans sa prison de béton était la partie la plus difficile – pour lui – de leur plan.

Ils ne devraient plus tarder…

Cela faisait une semaine que Michael et lui avaient tenté de s'évader du complexe. Les gardes devaient encore être en état d'alerte maximale.

Adam entendit un bourdonnement sourd. La formation rocheuse se fendit, puis la partie mobile de la porte commença à coulisser.

Voilà !

Il vit deux gardes approcher de l'ouverture, puis courut vers eux.

— Restez où vous êtes ! cria l'un d'eux.

— Je veux rentrer chez moi ! gémit Adam. Je veux revoir mon père !

— Nous allons venir vous chercher, annonça le second garde, une femme.

Adam s'avisa qu'elle avait la main posée sur son taser.

— D'accord. Mais dépêchez-vous ! J'ai très peur…

Voyant les gardes hésiter, le jeune homme se demanda s'il n'en avait pas trop fait.

Non, ils avançaient…

Ils sortirent du complexe. Max et Isabel passèrent aussitôt à l'attaque… L'homme et la femme ne virent rien venir.

Ils s'effondrèrent sans un cri.

Adam rejoignit ses amis.

— Aide-moi à ramener la femme à l'intérieur ! demanda Alex.

Adam saisit les jambes de la femme pendant qu'Alex la prenait sous les aisselles. Ils la portèrent vers le grand ascenseur, non loin de l'entrée.

Alex s'agenouilla près de l'homme et lui lia les chevilles et les poignets avec du ruban adhésif, lui en collant également sur la bouche.

— J'adore ce truc ! C'est fou le nombre d'utilisations qu'il peut avoir…

— Ils respirent, n'est-ce pas ? demanda Maria.

Son regard allait de la femme dont s'étaient chargés Alex et Adam à l'homme qu'avaient porté et attaché Max et Isabel.

— Ne t'inquiète pas, Maria, ils sont seulement inconscients, la rassura Max.

Il appuya sur le bouton de l'ascenseur et ils s'enfoncèrent dans les entrailles du complexe.

Adam fourra les mains sous ses aisselles, essayant de les réchauffer. A quelle distance de la surface étaient-ils maintenant ? Quatre mètres ? Plus ?

La cabine continua sa descente silencieuse. Puis elle s'arrêta net. Les portes s'ouvrirent.

Adam entendit des bottes marteler le sol en béton. Il sonda le parking et vit un garde s'enfuir.

— Nous sommes repérés ! cria Max. Il va donner l'alarme !

Ils étaient dans le complexe. Michael sentait leurs présences. Isabel, Max et Adam volaient à son secours !

Quelle mouche les pique ? Ont-ils perdu la tête ?

Michael bondit sur ses pieds et tourna en rond comme un lion en cage. Ils avaient besoin de lui ! Quelque chose ne s'était pas passé comme prévu. Il avait capté de la peur chez ses trois amis.

Il jeta un coup d'œil aux deux gardes postés devant sa cellule. Visiblement, ils ne se doutaient pas de l'intrusion… Pas encore.

C'est déjà ça…

Michael refit un « tour de piste » entre le côté droit de son lit et la paroi vitrée.

Si Cameron revenait…

Il n'aimait pas la savoir dans les couloirs en ce moment, même flanquée d'une escorte… Elle risquait d'être prise dans un feu croisé.

Et si je reste enfermé ici, je ne pourrai rien pour elle.

Ni pour Max et les autres…

Il dévisagea ses geôliers sous ses cils baissés. Avait-il une chance de se débarrasser des deux à la fois ?

Le premier jour, tu as décidé que tu ne parviendrais pas à t'occuper des deux gardes. Ne fais pas de bêtise. Il serait dommage que tes amis prennent tous ces risques pour sauver un cadavre…

— Je me charge du garde ! lança Isabel. Vous, continuez !

Elle courut dans le parking et entendit des bruits de pas derrière elle. Jetant un coup d'œil par-dessus son épaule, elle vit qu'Alex la suivait.

Merci, Alex !

Elle aurait peut-être besoin de renforts.

Le garde devait savoir qu'ils le poursuivaient, mais il continua de courir et tourna dans un grand couloir.

Pourquoi n'essayait-il pas de leur tirer dessus ?

Soudain, Isabel comprit son intention. Elle vit l'interphone fixé dans le mur, à côté de la porte... Qui n'était plus qu'à deux mètres du garde.

La jeune fille accéléra.

Trop tard.

L'homme avait atteint l'interphone.

— J'ai un problème ! cria-t-il. Il y a... !

Alex dépassa Isabel, la bousculant, et se jeta sur l'homme. Ils roulèrent à terre.

Isabel arriva une seconde plus tard. Elle vit le garde tendre la main pour prendre son taser. Sans hésiter, elle lui écrasa le poignet du pied. Un craquement d'os brisé suivit. Le taser échappa aux doigts de son propriétaire.

Alex débarrassa le garde de sa mitraillette, la jetant au loin.

La jeune fille s'agenouilla à côté du garde et posa la main droite sur son front. Désarmé, l'homme n'en restait pas moins dangereux.

Isabel prit une profonde inspiration, puis établit la connexion. Aussitôt, elle reçut un flot d'images.

Un gamin montrant fièrement son insigne de garde...

Un perroquet dans une cage gigantesque...

Le même gamin, beaucoup plus jeune, criant de terreur parce qu'un clown lui tendait une fleur…

Isabel entendit d'autres battements de cœur se synchroniser aux siens.

J'y suis…

Il lui restait à trouver une veine dans la tête de l'homme. Dans *leur* tête. Elle en choisit une de taille moyenne, près du cerveau, et se concentra, la « pinçant ». La douleur qu'elle infligeait était aussi la sienne. Elle la partageait.

Dieu, je déteste ça…

La connexion cessa. Le garde avait perdu conscience.

Alex lui lança le ruban adhésif. Sans perdre de temps, elle attacha solidement leur « victime ».

L'interphone crachota, la faisant sursauter.

— Que se passe-t-il ? demanda une voix.

— Continue, souffla Alex. Je m'en occupe.

Il appuya sur le bouton de l'interphone.

— Une surtension dans la zone du parking. Une caméra de surveillance est tombée en panne. Mais c'est fini. Je ferai un rapport. Rien d'autre à signaler.

— Valenti voudra une copie. Qu'elle soit sur son bureau pour la fin de la journée. Reçu ?

— Cinq sur cinq.

— « *Cinq sur cinq* », répéta Isabel, imitant le jeune homme. Ton père serait fier de toi s'il entendait avec quelle facilité tu emploies ce genre de vocabulaire !

Elle colla plusieurs morceaux de bande adhésive sur la bouche du garde, puis se releva.

— Ça va ? demanda Alex.

— Oui. J'aimerais continuer dans cette direction. Depuis que nous avons tourné dans ce couloir, je capte beaucoup mieux la présence de Michael.

— Adam sait où ils retiennent Michael, rappela son compagnon.

— Oui. Mais je *sens* qu'il est dans cette direction. Il est possible qu'on l'ait changé de cellule après la fuite d'Adam.

— Eh bien, si tu insistes, allons-y.

Ils continuèrent.

— Merci de m'avoir accompagnée, murmura Isabel sans se retourner.

Maintenant que le danger était passé, faire de nouveau équipe avec Alex lui semblait bizarre.

— Pas de problème, répondit-il.

Isabel se concentra sur ce qu'elle ressentait. Il fallait qu'elle remonte à la source des émotions transmises par Michael.

— Je pense qu'il est quelque part, sur notre gauche…

Le couloir continuait en droite ligne. A quelques mètres à peine, il y avait une porte… Ils auraient vraiment beaucoup de chance s'ils trouvaient Michael si vite ! Hélas, Isabel ne le « sentait » pas si près. Mais s'ils coupaient à travers la salle qui était juste derrière, ils atteindraient sûrement un autre corridor.

Elle se précipita vers la porte métallique, rappelant celles qu'elle avait vues au cours de sa première « visite » au complexe.

De nouveau, elle se concentra sur les molécules et les « écarta ».

La porte s'ouvrit.

— Ça peut sembler vieux jeu, plaisanta Alex, mais j'ai toujours apprécié qu'on me tienne la porte.

Il franchit le seuil ; Isabel le suivit…

Ce qu'elle découvrit lui coupa le souffle. Elle eut l'impression d'être plongée dans son pire cauchemar.

Ne t'inquiète pas… Continue d'avancer. Ne regarde pas ce qui t'entoure. Mets un pied devant l'autre…

Elle gardait le regard rivé sur la porte suivante. Mais son champ de vision était assez grand pour qu'elle aperçoive du coin de l'œil des objets qu'elle aurait préféré ne pas voir.

Des scalpels, des ciseaux, une scie chirurgicale…

Tu as fait la moitié du chemin. Tu n'as pas à avoir peur. Après tout, ces objets ne sont pas doués d'une vie propre. Ils ne se jetteront pas sur toi pour te disséquer…

Elle fit un pas.

Puis un deuxième.

Encore un autre…

Tu peux réussir !

Isabel se prit les pieds dans quelque chose de dur et de froid. Elle baissa les yeux et… le regretta aussitôt.

Une table métallique munie de rigoles.

Pour que le sang coule ! réalisa-t-elle, horrifiée.

La jeune fille tendit une main, attrapant Alex par sa chemise. Elle ne voulait pas s'accrocher à lui comme une petite fleur fragile… Mais il lui fallait un contact physique… Elle n'en demandait pas plus.

Isabel ne put s'empêcher de soupirer de soulagement quand son compagnon saisit la poignée de la porte. Avant qu'il l'ouvre, elle sentit une douleur cuisante à la base de sa nuque. Elle leva une main et toucha un objet qui dépassait de sa chair.

Une seringue !

Elle fit volte-face et se retrouva face à un homme en blouse blanche.

— Où… ?

La dernière chose que vit Isabel, en tombant, ce furent les puisards aménagés dans le sol carrelé.

— La cellule de Michael est derrière cette porte, murmura Adam.

— Des gardes à l'intérieur ? demanda Max.

— Non, ils sont généralement postés là.

Dans ce cas, pourquoi Adam les avait-il fait passer par ce couloir sans les prévenir du danger ?

Faut-il craindre qu'il se retourne contre nous ?

Cette question de Maria le hantait…

Max ignorait la réponse. Peut-être aurait-il mieux valu qu'il demande à Adam de les attendre sagement à la maison… Mais il pourrait avoir besoin de lui…

Ce n'est pas le moment de regretter les décisions

que tu as dû prendre il y a des heures ! Adam est là. Autant faire avec…

— Liz et Maria, montez la garde ! Si vous voyez des gardes venir dans cette direction, frappez à la porte de la cellule ou sur autre chose, mais prévenez-nous du danger !

— Ne t'inquiète pas, répondit Maria d'une voix qui tremblait un peu. Si des gardes viennent par ici, nous leur botterons les fesses !

— Allez-y ! implora Liz.

— Etablissons une connexion et combinons nos pouvoirs, suggéra Max.

Pour toute réponse, Adam lui prit le poignet.

Faut-il craindre qu'il se retourne contre nous ?

Les deux jeunes gens se faufilèrent jusqu'à la porte de la cellule. De sa main libre, Adam saisit la poignée, la tourna et ouvrit.

Attends. Il se passe quelque chose d'étrange… Cette porte ne devrait-elle pas être fermée à clé ?

Avant que Max ait pu trouver une réponse à cette énigme, Adam franchit le seuil, le tirant derrière lui.

— Max Evans ! Vous m'évitez la peine de venir vous chercher.

Max leva la tête.

Valenti !

Le shérif était assis à son bureau face à une fille aux cheveux roux coupés très court.

Adam l'avait conduit dans l'antre du shérif ! Pourquoi ?

— J'espère que votre sœur vous accompagne, continua Valenti. Dans le cas contraire, il ne sera pas difficile d'aller l'arrêter en ville. J'avoue que ça me plairait assez. J'ai passé la moitié de ma vie à vous traquer. Bientôt, tous mes petits extraterrestres seront sagement au lit.

Max ne trouva rien à répondre. Il sentit ses tripes se nouer.

Valenti sait tout…

Max prit Adam par la main et établit la connexion.

— Ce sera génial, n'est-ce pas, Adam ? ajouta le shérif de sa voix de maître d'école maternelle. Tu as toujours rêvé d'avoir une grande famille. Bientôt, ce ne sera plus seulement papa et son petit garçon…

Max sentit le pouvoir s'accumuler en lui, sa force augmentant de seconde en seconde.

Adam est prêt, comprit-il.

Nous pourrions ériger une barrière de feu entre le shérif et nous. Ou le rendre inconscient sans avoir à le toucher…

Max tourna la tête vers Adam. Peut-être pouvait-il lui suggérer une de ces solutions…

Il se figea, le souffle coupé.

Adam regardait Valenti en souriant. Comme quand il avait voulu frire le lapin !

— *Non, Adam !*

Max essaya de se dégager, mais les doigts d'Adam le serraient comme un étau. Il pivota et flanqua un coup de poing dans les côtes de son compagnon qui lâcha prise.

— Je n'ai pas besoin de toi ! cria Adam.

Un éclair blanc jaillit, se réfléchissant sur les

murs et aveuglant Max. Le jeune homme cligna des paupières. Il fallait qu'il recouvre la vue.

Et vite !

Il lui sembla voir Valenti, assis à son bureau.

C'est impossible…

L'homme ne pouvait pas avoir survécu à une telle décharge d'énergie.

Les yeux de Max pleuraient. Il les essuya d'un revers de la manche et approcha d'un pas hésitant du bureau.

Valenti y était bien assis.

Entièrement couvert de cendres – plus un millimètre carré de peau qui fût visible.

Et il était parfaitement immobile.

Que lui a fait Adam ?

Il entendit un gémissement s'échapper des lèvres closes de la fille. Il devait la rassurer… Mais il était incapable de détacher son regard du shérif.

Adam avança. Puis il se pencha et souffla sur Valenti. Le corps de l'humain tomba en poussière.

— *Pourquoi as-tu fait ça, Adam ?* cria Max. Nous aurions pu nous occuper de lui autrement ! Nous n'utilisons jamais nos pouvoirs pour tuer. *Jamais !*

Adam ne répondit pas.

Faut-il craindre qu'il se retourne contre nous ?

Max tourna la tête si vite qu'il faillit se la… dévisser…

Adam lui souriait.

— Que lui avez-vous fait ? cria Alex à l'homme en blouse blanche.

Isabel avait des convulsions. Ses yeux étaient grands ouverts. Alex pouvait presque sentir sa douleur.

Le docteur s'agenouilla près de la jeune fille.

— Je ne lui voulais aucun mal, dit-il. Je lui ai seulement fait une injection de tranquillisant à effet ultra-rapide. Ça n'aurait pas dû avoir cet effet... Il fallait que je vous retienne jusqu'à ce que j'aie pu contacter Valenti ou un garde...

Alex empoigna l'homme par le col, le releva de force, lui enroula un bras autour de la gorge et serra. Puis il fouilla les poches de sa blouse et en sortit deux autres seringues qu'il jeta à travers la salle.

— Je vais vous lâcher, dit-il au docteur. Et voilà ce que vous allez faire : tout ce qui est en votre pouvoir pour la sauver ! Si elle meurt, votre tête subira le même sort que celui que j'ai réservé à cette porte !

De sa main libre, Alex montra le panneau de métal dont Isabel avait écrabouillé la partie coulissante.

Puis il repoussa l'homme d'une bourrade rageuse.

— Il faudra que je prélève du sang pour découvrir la raison de sa réaction.

L'homme en blouse parlait vite, les mots se bousculant sur ses lèvres.

— Très bien ! dit Alex. Mais je veux voir vos mains. Et s'il vous vient l'envie de tenter quelque chose de stupide, jetez donc d'abord un coup d'œil à cette porte !

Le jeune homme se laissa tomber près de son amie et lui prit la main.

Au moins, elle n'a plus de spasmes…

Il écarta les mèches qui lui collaient sur le front et sentit soudain quelque chose d'humide sous ses doigts. S'était-elle coupée en tombant ?

Alex se pencha pour mieux voir.

— Dites-moi ce que c'est !

L'homme s'accroupit.

— On dirait des… branchies atrophiées…

— Des *branchies* ?

— La même chose est arrivée à Adam, un jour, tandis qu'il luttait contre une forte fièvre. J'ignore ce que vous savez de votre physiologie, mais vos corps sont conçus pour s'adapter à l'environnement où ils sont plongés.

Ma physiologie ? s'étonna Alex.

Il comprit que l'homme le prenait pour un extraterrestre.

C'est logique. Après tout, j'ai affirmé que je venais de défoncer la porte…

— Parfois, il se produit une sorte de… défaillance dans le système et votre corps s'« adapte » sans raison apparente, continua le médecin. Regardez, les branchies sont en train de disparaître !

Alex détourna les yeux de l'homme pour les poser sur Isabel et vit la peau se reformer.

— Mieux vaut que je n'intervienne pas, dit le médecin. Les effets du tranquillisant vont vite se dissiper. Si j'avais su qu'elle aurait ce genre de réaction…

Sa voix mourut.

— Ça ira, Isabel, promit Alex. Je suis là. Et je ne bougerai pas avant que tout soit rentré dans l'ordre !

Il sentit sa main remuer dans la sienne.

— Oui, tu vois, je suis là…

Ses doigts… Ils semblaient… *différents*. Isabel avait toujours eu des doigts longs et fins. Maintenant, ils étaient deux fois plus longs et aussi fins que des crayons ! L'un d'eux disparut sous ses yeux, comme *absorbé* par la paume.

Alex eut soudain du mal à respirer.

Du calme ! Voyons, c'est Isabel !

Mais il ne la reconnaissait plus ! Il ne restait rien d'elle ! Elle avait une grosse tête avec des yeux immenses, complètement noirs, sans blancs, ni iris, ni pupilles…

Alex prit la créature dans ses bras et courut vers ce qu'il espérait être une issue. Alors, si vite qu'il crut avoir eu une hallucination, Isabel redevint la jeune fille qu'il connaissait.

— Pose-moi par terre, idiot ! dit-elle en souriant.

Alex obéit. Puis il croisa son regard… et ne le lâcha plus.

— Il faut que nous sortions *immédiatement* du complexe, Izzy !

Sans demander pourquoi, Isabel courut à ses côtés.

Michael devait sortir de sa cellule.

Maintenant.

Isabel avait besoin de lui.

Il avait reçu d'elle une véritable explosion de

douleur. De saisissement, cela avait failli le faire tomber à la renverse.

Mais Hubba et Bubba, ses deux gardes, restaient à leur poste.

Rien n'a changé. Les forces en présence sont toujours les mêmes : deux contre un…

Pour le moment, ils étaient assis face à la cellule de Cameron. Pour des raisons évidentes, les types passaient plus de temps à surveiller la jeune fille que lui. Elle n'était pas revenue, mais ils n'avaient pas pris la peine de se retourner en direction de Michael.

Il doit y avoir un moyen de réussir mon coup. Si je les surprends, j'ai une chance de les avoir tous les deux…

Oui, mais il y aurait un obstacle à surmonter : il était dans une cellule *vitrée*. En d'autres termes, aussi exposé qu'un animal dans un vivarium…

Les surprendre ne sera pas facile…

Sans doute… Mais il devait tenter sa chance.

Michael avait bien réfléchi : ne trouvant qu'un moyen de se débarrasser de Hubba et Bubba. Il approcha de la paroi et s'y appuya nonchalamment, les mains à plat.

Hubba – ou Bubba ? il n'avait pas décidé qui était qui… – se retourna.

— Ta petite amie te manque déjà ?

Michael eut un sourire penaud. Puis il soupira et lança un regard nostalgique à la cellule de Cameron.

Hubba – ou Bubba – reprit sa position initiale. Michael se concentra sur les molécules de verre.

Prenant tout son temps, il les força doucement à se séparer les unes des autres.

Ça pourrait marcher, pensa-t-il alors que deux trous se formaient aux emplacements de ses paumes.

Mais il travaillait sans filet. Si Cameron avait été dans sa cellule, sa présence aurait pu faire diversion…

Où est-elle, d'ailleurs ?

Elle ne lui avait pas semblé malade *à ce point*. Max et les autres les avaient-ils capturés, son escorte et elle ? Dans ce cas, elle était en relative sécurité.

Adam la connaissait. Il avait certainement dit à ses compagnons qu'elle était de leur côté.

Michael poussa les molécules. Les trous s'agrandirent.

Que la fête commence !

Il passa les mains par les ouvertures et saisit Hubba et Bubba par le cou.

Très bien. Maintenant, se connecter…, se dit-il au moment où il les sentit prêts à se retourner.

Il ferma les yeux et un flot d'images envahit son esprit.

Il entendit deux cœurs se mettre au diapason du sien.

Deux cœurs… Deux têtes. Et des tas de veines ! J'ai l'embarras du choix.

Il choisit une grosse veine dans chacun des crânes et « serra ».

Quand il rouvrit les yeux, il vit les gardes affaissés sur leurs chaises, leurs têtes dodelinant l'une contre l'autre.

— Ne sont-ils pas mignons comme ça ? murmura-t-il.

Il est temps d'aller au secours d'Izzy.

— Sors d'ici ! ordonna Max à la fille aux cheveux roux.

Il n'eut pas besoin de se répéter. Elle bondit et prit ses jambes à son cou.

La sensation que de la puissance s'accumulait était de plus en plus forte. Adam avait l'intention de faire subir à Max le même sort qu'au shérif.

Mais je ne suis pas Valenti. Et Adam n'est pas le seul à avoir des pouvoirs…

Ni à savoir les utiliser.

Max concentra sa propre puissance, la laissant s'accumuler en lui.

Je suis trop lent ! comprit-il, désespéré. *Je ne serai jamais prêt à temps pour empêcher Adam de me griller…*

Il pouvait s'enfuir, mais à quoi bon ? Adam se lancerait à sa poursuite. Dans le couloir, Liz, Maria et la fille seraient prises sous un tir croisé…

Réfléchis ! Sois logique. Pas besoin d'avoir une puissance égale à celle d'Adam.

Il te suffira d'avoir assez de « jus » pour renvoyer ce qu'il va lancer sur toi. Et ça, tu peux le faire avec ce que tu as à ta disposition !

Oui. Il le sentait. Mais il devrait frapper au bon

moment. S'il agissait avec trop de précipitation, ou pas assez, il mourrait.

Réduit en cendres…

— Allez, Max ! Ne veux-tu pas sauver ta peau ? le provoqua Adam. Tu pourrais me clouer au sol avec toute la puissance que tu as accumulée. Je sais que tu n'es pas sans défense…

— Je te l'ai dit… Nous n'utilisons pas nos pouvoirs pour tuer.

Son plan – si c'en était un – fonctionnerait à une condition : qu'il laisse Adam « tirer » le premier.

Celui-ci haussa les épaules.

— A ta guise.

Max sentit le pouvoir commencer à pulser.

Pas encore, se dit-il. *Pas encore…*

Une vague de chaleur lui brûla le visage.

Maintenant !

Il jeta dans la bataille toute la puissance dont il s'était rendu maître, transformant sa force en bouclier.

Le mur s'enflamma.

— Désolé…, fit Adam. Je ne peux pas rester plus longtemps. Il faut que je partage mon amour avec tous ceux qui sont ici…

Il tourna le dos à Max et se dirigea vers la porte. Quand il saisit la poignée, elle fuma.

Max atteignit la sortie un instant après Adam, mais elle était déjà dévorée par les flammes. Il se couvrit la tête et plongea dans l'ouverture.

Quand il eut rejoint Liz, Maria et la fille, il vit Adam courir le long du couloir, la main glissant sur le mur. Une traînée de feu jaillissait dans le sillage de ses doigts.

— Il va mettre le feu à tout le complexe ! cria Maria.

— Arrêtons-le ! dit Liz. Et tout de suite !

Max la saisit par un coude et la força à le regarder.

— Impossible ! Il est trop puissant... Retrouvons Michael, puis rejoignons Alex et Isabel. Sortons tant qu'il est encore temps !

— Je sais où est Michael ! cria la fille rousse.

Elle courut dans le couloir en flammes, Max, Liz et Maria sur les talons.

Quand ils atteignirent un embranchement, l'inconnue n'hésita pas une seconde : elle prit le corridor de gauche.

Elle semble savoir où elle va, pensa Max.

Adam aussi avait pris à gauche.

C'est incroyable ! Il a dû avancer en zigzaguant...

C'était la seule explication. Les murs brûlaient. Par endroits, les flammes se rejoignaient au plafond, formant une arche de feu.

Et de fumée.

A chaque inspiration, ils avaient les poumons en feu.

— La salle des cellules est derrière cette porte, là-bas ! cria la rousse.

Elle prit encore à gauche. Aussitôt, l'air parut beaucoup plus frais. Ici aussi, les flammes commençaient à lécher les murs, mais l'incendie ne s'était pas encore propagé.

Quand ils atteignirent la porte métallique, Max se concentra sur les molécules et les « écarta » sans ménagement. Une ouverture apparut en même temps que de longues langues de feu. Le jeune homme sentit une odeur de cheveux brûlés – les siens – à l'instant où il se jetait en arrière.

— Où est la cellule de Michael ? demanda Maria.

— D'habitude, on la voit d'ici, répondit la fille.

— Connais-tu un autre moyen d'entrer ? lança Max à l'inconnue. Je doute que nous puissions passer par là !

A un mètre de la porte, la chaleur était presque insupportable. Max avait l'impression d'inhaler de la lave en fusion.

— Il faudra revenir sur nos pas et décrire un grand cercle pour faire le tour, répondit la fille.

— Pas le temps ! cria Liz.

— Faites ce que vous voulez ! dit Maria. J'y vais.

Elle retira sa veste et se l'enroula autour de la tête et des épaules avant de plonger dans le mur de flammes.

— Eh bien, c'est maintenant ou jamais…, soupira Max.

Il prit le visage de Liz entre ses mains et lui posa un baiser sur les lèvres.

— Je t'aime, dit-il, les yeux dans les siens.

Puis il suivit Maria.

Liz bondit et atterrit si près de lui qu'il dut la

retenir pour qu'elle ne tombe pas. La rousse les rejoignit une seconde plus tard.

— Tout le monde va bien ? demanda Max, son regard passant d'un visage à l'autre.

Il ne s'était pas aperçu qu'il souffrait avant de voir les cloques de Maria… Il avait l'impression de s'être trop penché au-dessus d'une friteuse et d'avoir été éclaboussé d'huile bouillante.

— Je ne vois pas Michael ! cria Maria. Toutes les cellules sont vides !

— Il était dans celle-là, dit la fille. La troisième en partant de ce côté. Les gardes ont dû l'emmener ailleurs…

— Michael ! hurla Max. M'entends-tu ? C'est Max !

Maria cria aussi le nom de leur ami.

Liz et l'inconnue se joignirent à leurs efforts.

En vain.

— Très bien. Supposons que Michael ait pu sortir, dit Max aux trois jeunes filles. Isabel et Alex aussi…

S'il avait tort, il condamnait sa sœur et deux de ses meilleurs amis à une mort certaine. Mais s'il avait raison, Liz, Maria, l'inconnue et lui rôtiraient vifs pour rien.

La fille rousse hocha la tête.

— Je vous montre le chemin. Suivez le guide ! En route pour la sortie !

— Nous ne pouvons pas les laisser là ! dit Maria.

— Rester dans le complexe, c'est courir à une mort certaine ! cria Liz à son amie, formulant tout haut ce que Max avait pensé tout bas.

Comme souvent…

— Maria, continua-t-elle, ils le savent aussi bien que nous. Michael, Alex, Isabel et Adam…

— Vous avez entendu ? coupa soudain Max.

Il ferma les yeux pour se concentrer.

Non, je ne deviens pas fou !

C'était Michael.

Attends…

Michael et Alex !

— Par là ! cria la rousse.

Elle longea les cellules en courant. L'une explosa, projetant alentour une gerbe d'éclats de verre.

A présent, Max entendait Isabel. La voix de sa sœur était différente. La fumée l'avait rendue pâteuse.

Soudain, le jeune homme vit ses deux amis dans une cellule.

— Allons-y ! cria Michael quand les deux groupes se furent rejoints.

Il s'engouffra dans un autre couloir, sur la gauche. Max ralentit, laissant les autres le dépasser. Il fallait que quelqu'un ferme la marche. Il ne voulait pas atteindre la sortie pour s'apercevoir trop tard qu'un de ses amis était resté en arrière, terrassé par la fumée.

— La sortie n'est plus loin ! cria Michael.

Max ignorait comment il pouvait en être si sûr. La fumée était impénétrable. Chaque inspiration devenait difficile. L'oxygène se raréfiait.

La tête de Max tournait. Il ne sentait plus ses pieds marteler le béton. Pourtant, il avançait toujours.

Non ?…

Comment en être certain ? Tout était gris…

Il sentit un bras s'enrouler autour de sa taille.

— Tu es resté en arrière pour t'assurer que tout le monde atteindrait la sortie, n'est-ce pas ? demanda Liz.

Il pouvait à peine voir son visage.

— Tu as de la chance que j'aie eu l'idée de te chercher.

— J'ai ouvert… la… porte ! cria Michael entre deux quintes de toux.

La fumée devint moins dense. Max inspira une goulée d'air. Pour la première fois depuis de longues minutes, il lui sembla… respirable.

Une seconde plus tard, Liz et lui furent dehors.

— Ne vous arrêtez pas ! ordonna Alex. Nous devons atteindre… !

Une explosion projeta Max dans les airs…

Un champignon orange et noir jaillit du complexe secret du Projet Table Rase.

Aveuglé, Max ferma les yeux.

Il se remit debout tant bien que mal, la respiration heurtée.

Quand il jeta un coup d'œil au complexe, il faillit *arrêter* de respirer…

Le sable brûlait. Des flammes bleues léchaient le sol…

Liz rejoignit Max et lui prit le visage entre ses mains. Elle avait les joues rougies par la chaleur, mais elle était indemne.

— Moi aussi, je t'aime !

Elle lui sourit.

Max l'attira contre lui et la serra contre sa poitrine.

Elle écouta ses battements de cœur. Puis elle se tourna vers ce qui restait du complexe.

En silence, ils regardèrent les flammes mourir.

Bientôt, il resta un immense rectangle de sable noirci.

— Valenti est mort, annonça Max. J'ai vu Adam le tuer.

Il se tourna vers sa sœur.

— Désormais, tu ne feras plus de cauchemars.

Isabel lui sourit… mais son regard restait sombre.

— Hé ! cria Alex, les faisant sursauter. Quelqu'un d'autre s'en est sorti !

— Personne ne peut avoir survécu à *ça*, murmura Liz. C'est impossible…

Une silhouette apparut pourtant…

Liz sourit, contente d'avoir eu tort.

C'était Adam !

Achevé d'imprimer sur les presses de

BUSSIÈRE

GROUPE CPI

à Saint-Amand-Montrond (Cher)
en novembre 2001

FLEUVE NOIR
12, avenue d'Italie
75627 Paris Cedex 13
Tél. : 01-44-16-05-00

— N° d'imp. 16431. —
Dépôt légal : décembre 2001.

Imprimé en France

[illegible]
12, avenue d'Italie
75627 Paris Cedex 13
[illegible]

N° d'impression : [illegible]
Dépôt légal : décembre 20[illegible]

Imprimé en France